W0417850

JULIEN GREEN
ENDE EINER WELT

JULIEN GREEN
ENDE EINER WELT
Juni 1940

Aus dem Französischen
und mit einem Vorwort
von Elisabeth Edl

LIST VERLAG
MÜNCHEN · LEIPZIG

Die Originalausgabe erschien unter dem Titel
La Fin d'un monde – Juin 1940
1992 im Verlag Editions du Seuil, Paris.

ISBN 3-471-77699-0

© Editions du Seuil 1992
© der deutschen Ausgabe 1995 List Verlag
in der Südwest Verlag GmbH & Co KG München
Alle Rechte vorbehalten. Printed in Germany
Gesamtherstellung: Kösel, Kempten

Inhalt

Frankreich – Amerika und zurück
Vorwort 7

Vorbemerkung 15

Juni 1940 17

Juni 1946 85

Frankreich–Amerika und zurück

Vorwort

Am Ende des Theaterstücks *Süden* unterbricht Kanonendonner die verwickelte Liebestragödie auf einer reichen Plantage in Süd-Karolina: der beginnende Sezessionskrieg von 1861. Eine Szene, die so häufig in Julien Greens Werk wiederkehrt, daß sie fast als Leitmotiv bezeichnet werden kann. Auf der letzten Seite von *Adrienne Mesurat* ordnen eine Volksversammlung und der Ruf «Vive Fallières!» diesen so zeitfernen Roman eindeutig dem Frankreich am Vorabend des Ersten Weltkriegs zu; *Treibgut* ist der Roman von der «Dämmerung des Bürgertums», wie Green selber im Dezember 1931 notierte; und noch die späte Südstaatentrilogie, die erst 1995 mit *Dixie* abgeschlossen wurde, entfaltet ihre breitgefächerte Handlung vor dem Hintergrund der Vorkriegszeit und des ersten Kriegsjahres.

Nicht der Krieg ist das Thema, sondern vielmehr der Bruch zwischen der Bedrohung durch die Geschichte einerseits und der Haltung der Menschen andererseits, die in ihrem persönlichen Leben fortfahren, als spürten sie nicht das geringste von der bevorstehenden Katastrophe. Sei es in einer «fröhlichen Apokalypse» der mondänen Bälle und Diners, sei es in einer zerstörerischen Fixierung auf die privatesten Obsessionen – keiner bemerkt, daß die Welt, in der sich sein persönliches Leben abspielt, schon zum Untergang verurteilt ist.

Julien Green selbst hat diese Situation eines «Tanzes auf dem Vulkan» dreimal erlebt: in den dreißiger Jahren, in der Vorkriegszeit von 1914 und im amerikanischen

Sezessionskrieg – denn wie er in seinen Tagebüchern und der Autobiographie selbst berichtet, war der amerikanische Krieg in den Erzählungen seiner Mutter, der 1857 in Georgia geborenen Mary Hartridge, stets so gegenwärtig und bedrohlich, daß er auch für den Sohn zu einer gleichsam erlebten Wirklichkeit wurde.

Gerade Julien Green, der sich selbst immer als unpolitisch bezeichnete und in dessen Romanen die Politik auch kaum je eine unmittelbare Rolle spielt, bewies zeitlebens ein ganz besonderes Feingefühl für die sich unterirdisch vorbereitenden Erdbeben der Weltgeschichte. Doch in einer Situation der höchsten Gefahr verließ Green auch diese Rolle des Beobachters und begann selbst, publizistisch als Kommentator der Ereignisse aufzutreten: in der langen europäischen Krise, die zum Zweiten Weltkrieg führte.

Unmittelbar nach dem Münchner Abkommen schrieb Julien Green seinen ersten politischen Artikel *Ce que septembre nous a donné* (Was der September uns gebracht hat). Das fatale Jahr 1938 mit dem Anschluß Österreichs und der Sudetenkrise ließ von neuem seine tiefsten Ängste erwachen und lockte ihn damit aus der beobachtenden Reserve. Der Aufsatz ist eine kurze Analyse des europäischen Selbstverständnisses nach der Kapitulation vor Hitlers Erpressung. Für Green handelt es sich nicht einfach um ein politisches Zugeständnis, sondern um das Symptom einer Krankheit, die alle Widerstandskräfte der europäischen Kultur gelähmt habe. «Diese große Bewußtseinskrise Europas halte ich für weitaus bedeutender, als gemeinhin behauptet wird, denn es handelt sich um eine geistige Krise, und eine geistige Erschütterung hat immer weitreichendere Konsequenzen als eine politische. Etwas ist gesät worden, und diese Saat wird eines Tages keimen. Gegen Ende des vergangenen Monats hat sich in der Welt ein diffuses Gefühl ausgebreitet, das Gefühl, daß die Zukunft Europas nicht nur, wie man bis zum Überdruß gesagt hat, von den Entscheidungen der vier Unterhändler abhing, sondern von dem noch unsicheren Willen des Individuums. Wenn das Individuum den Regierungen seinen Beistand verweigert, dann gehen die Regierungen zugrunde.»

Dieser Verantwortung jedes einzelnen hat Green selbst sich nicht entzogen. Anfang 1939 beendete er seinen Roman *Varouna*, und am 15. März brach er die regelmäßigen Aufzeichnungen in seinem Tagebuch ab, weil er sah, «daß die schweren Erschütterungen wieder beginnen würden und das Glück nicht mehr möglich war». Im April reiste er zu einem mehrmonatigen Aufenthalt in die USA, deren Staatsbürgerschaft er immer beibehalten hatte. Hier nun begann er eine Artikelserie zu schreiben, die ab Dezember 1939 unter dem Titel *L'Amérique et cette guerre* (Amerika und dieser Krieg) im Pariser *Figaro* erschien. Ziel der Aufsätze ist es, dem französischen Publikum die amerikanische Haltung gegenüber Europa zu erklären. Zumeist handelt es sich bei diesen Artikeln um Stimmungsberichte, Zusammenfassungen von Gesprächen, die vor allem das Unverständnis der Amerikaner gegenüber den europäischen Konflikten dokumentieren. So wie Green von den Amerikanern als Europäer befragt wurde, so machte er sich in Frankreich selbst zum Botschafter der amerikanischen Meinung.

«Wieder auf der Straße, wo die Zeitungsverkäufer verkünden, daß die letzten Verhandlungen scheitern und die Grenzzwischenfälle sich häufen, frage ich mich, ob es nicht besser wäre, eines Tages, wie 1914, plötzlich mitten im Krieg zu erwachen, als dieser seltsamen Prüfung einer Katastrophe im *Zeitlupentempo* ausgesetzt zu sein.» Als Green im Dezember 1939 nach Europa zurückkehrte, war der Krieg zwar bereits erklärt, doch die quälende Wartezeit setzte sich noch monatelang mit der *drôle de guerre* fort, bis dann am 10. Mai 1940 der Angriff der deutschen Truppen begann.

Für Julien Green stand von vornherein fest, daß man sich weder mit den Besatzern noch mit der französischen Kollaboration arrangieren durfte. Die deutschfreundliche Regierung unter dem Weltkriegsmarschall Pétain lehnte er vom ersten Augenblick an kompromißlos ab, es war ihm undenkbar, in einem unfreien, von der Gnade der Deutschen abhängigen Vichy-Frankreich zu bleiben. Am 18. Mai verließ er Paris und kam auf Umwegen nach Bordeaux; dorthin hatte sich am 15. Juni auch die Regierung geflüchtet, bei der Greens Freund Robert de Saint Jean eine wichtige Funktion im Informationsministerium bekleidete.

Die «Katastrophe im Zeitlupentempo» war zu Ende; dafür erfolgte der Zusammenbruch nun aber mit einer Geschwindigkeit, die niemand vorausgesehen hatte. Greens apokalyptische Befürchtungen hatten sich mehr als bewahrheitet. «Dieses Ende einer Welt fand bei wundervollem Wetter statt», schrieb er zwei Jahre später in einem New Yorker Artikel. «Eine triumphierende Sonne, eine wahre Messidor-Sonne, warf ihr Licht auf diese Niederlage von uns allen, denn an diesem Tag wurde die gesamte Zivilisation getroffen, und wie immer stand Frankreich in der ersten Reihe, um die härtesten Schläge einzustecken.» Es ist nicht allein die militärische Niederlage, wodurch dieser Krieg für Green zu einer Art Weltuntergang wurde; es ist auch besonders die Reaktion eines großen Teils der Bevölkerung, in der Gleichgültigkeit, Zynismus oder Resignation weit verbreitet waren. Und die Parallele zwischen dem Sezessionskrieg, der das Verschwinden der alten Welt des Südens bedeutete, und dem Untergang der europäischen Kultur verstärkte noch einmal diese Endzeitstimmung.

Green verließ Europa am 1. Juli; von jenen sechs Wochen, die der Emigration vorausgingen, erzählt er in dem vorliegenden Bericht *Ende einer Welt*, der erst mehr als fünfzig Jahre nach der Niederschrift veröffentlicht wurde. Doch bereits unmittelbar nach seiner Ankunft in

Amerika, wo er bis Herbst 1945 blieb, versuchte Green, sich von den Geschehnissen Rechenschaft abzulegen. Nun hatte sich die Perspektive aber gewandelt: Wollte er vorher in Frankreich Verständnis für die amerikanische Haltung wecken, so ging es jetzt darum, den Amerikanern zu zeigen, daß in Frankreich trotz der Niederlage noch ein intakter Kern am Leben war. Aufsätze wie *L'honneur d'être français* (Die Ehre, Franzose zu sein) oder *Il y a toujours une France à aimer* (Es gibt immer ein Frankreich, das man lieben kann) sind Dokumente einer tiefen Bindung; wahrscheinlich hat sich Green nie wieder so uneingeschränkt zu Frankreich bekannt wie in diesen Jahren: «Heute, nach langen Monaten des Exils, sehe ich Frankreich vielleicht besser, als ich es früher gesehen habe. Es mag seltsam erscheinen, daß ein Amerikaner von Exil in Amerika spricht, doch man muß nicht Franzose sein, um aus Frankreich verbannt zu sein, wenn es einem genommen wurde. Wir, die ein gewisses Maß an Kultur für uns beanspruchen, wir alle sind aus Frankreich verbannt.»

In den Vereinigten Staaten schrieb Green für französische Exilzeitungen und arbeitete für das Office of War Information, wo er als Sprecher bei dem Radiosender *Stimme Amerikas* Texte für Hörer im besetzten Frankreich las. Mit der Rückkehr nach Frankreich endete eine Periode seines Lebens; nie wieder hat er sich auf diese Weise öffentlich zu Wort gemeldet und das politische Geschehen kommentiert. Statt dessen nahm er nach fast fünfjähriger Pause sein literarisches Schaffen wieder auf und vollendete ein lange liegengebliebenes Projekt, den Roman *Wenn ich du wäre...*

Die dunklen Jahre begannen langsam in den Hintergrund zu treten, doch die Erfahrung der ersten Jahrhunderthälfte mit ihrem ständigen Kriegszustand, sei es als offener, sei es als schwelender Konflikt, hat den Schriftsteller nie verlassen. Nichts kann das deutlicher zeigen als die Romantrilogie, die Green mit mehr als achtzig

Jahren zu schreiben anfing. Eine Welt, die nicht erkennen will, daß sie mit ihrem eigenen Untergang spielt – ein Bild nicht nur für den Sezessionskrieg in Greens amerikanischem Ursprungsland, sondern auch für die politischen Katastrophen seiner europäischen Wahlheimat und für sein eigenes Jahrhundert.

Elisabeth Edl

Ende einer Welt
Juni 1940

Vorbemerkung

Diese Seiten, die ich im hintersten Winkel einer Kommode bei meiner Cousine Nan Williams in Baltimore verloren glaubte, waren in der Truhe geblieben, in der ich alte Manuskripte verwahrte und die ich Robert de Saint Jean anvertraut hatte, als er meine Biographie schreiben wollte.

Meine Biographie schreiben! Wie kann man nur Gegenstand eines Buches sein, wenn man noch lebt? Jede Biographie ist unvollkommen, oberflächlich und äußerlich, man läßt Worte sprechen, die stumm geworden sind; aber ich wollte Robert nicht entmutigen. Schließlich hatte ich alles, womit ich mir mein Dasein in Kindheit und Jugend erklären konnte, selbst gesagt, und meine *Jungen Jahre* konnten nur paraphrasiert werden. Gewiß, zwischen 1924 und heute lieferte mein *Tagebuch* lediglich Fragmente meines Lebens, kurz aufleuchtende Augenblicke, Abbilder, aber dieses unvermittelte Eintauchen war aufschlußreicher als die von einem Fremden vorgenommene Rekonstruktion meiner Vergangenheit. Robert war kein Fremder, jedoch leichter machte das nichts. Konnte er über alles unvoreingenommen berichten? Zum Beispiel über das Jahr 1940. Ich glaube, letztlich hätte er aufgegeben. Nach seinem Tod im Jahre 1987 bekam ich meine Aufzeichnungen zurück. Mein Sohn fand darunter Erzählungen (wie jene in *Histoires de vertige*), ein Jugendtagebuch und unter anderem auch ein kleines schwarzes Notizheft. Ich hatte ihm gesagt: «Wenn du mein *schwarzes*

*Buch** findest, schau nicht hinein, gib es zuerst mir. Es ist der geheime Vertraute meines zwanzigsten Lebensjahres.» Er sah also dieses schwarze Notizheft und händigte es mir aus.

Ich zögerte selbst davor, das Tor zu einer Vergangenheit wieder aufzustoßen, in der ich gewissermaßen das Gespenst aller meiner Toten blieb.

Jahre vergingen. Vor einigen Monaten, an einem Tag im September, beschloß ich, einen Blick hineinzuwerfen: Es war nicht mein *schwarzes Buch* von 1920, sondern ein anderes Notizheft mit schwarzem Einband, mein Bericht vom Juni 1940.

Hier ist er.

Januar 1992

* Kursiv, weil im Original deutsch (A. d. Ü.).

Juni 1940

Ich bin seit einigen Tagen in Lissabon und schreibe diese Worte in einem ärmlichen Zimmer, das auf einen weitläufigen, überdeckten Marktplatz geht; jenseits davon steigen in parallelen Stufen gelbe Häuser bis zur Spitze eines Hügels hinauf, der vom Kastell São Jorge gekrönt wird, einer zinnenbewehrten Burg mit im Wind wehenden Bannern, die sich ungemein mittelalterlich gibt. Gestern erhielten die französischen Truppen den Befehl zur Feuereinstellung.

In einem Heft meines höchstwahrscheinlich verlorengegangenen Tagebuchs sagte ich, daß Europa sich am 3. September 1939 den Lauf eines Revolvers an die Schläfe gesetzt habe; am 10. Mai 1940 hat es auf den Abzug gedrückt. Alles ist zu Ende. Frankreich gibt es nicht mehr; in wenigen Wochen sind tausend Jahre Kultur untergegangen. Wir dachten, das Gebäude sei solide, es fiel in sich zusammen. Eine Regierung aus gutgekleideten und einfältigen Politikern, ein Generalstab von alten Trotteln – und es ist nicht einmal eine Frage des Alters, denn die jungen sind in gewissem Sinne noch schlimmer als die alten Trottel –, alles mit einem Schlage vorüber, verschluckt vom großen Zauberkünstler, der Geschichte.

Was heute vorherrscht, ist weniger Angst und Traurigkeit als Betäubung. Mit Erstaunen im Gesicht gehen die Exilanten in den Straßen dieses Landes aufeinander zu. Wie die Juden der Psalmen gleichen sie Leuten, die träumen, aber ihren Mund erfüllt kein Lachen und ihre Zunge kein Gesang.

Am 18. Mai dieses Jahres habe ich, ganz gegen meinen Willen, auf das Drängen meiner Schwester hin, Paris verlassen, nachdem ich die Gegenstände, die mir am wertvollsten erschienen, ein paar Andenken, Bilder, Papiere, mein Reisetagebuch, in einen Koffer geworfen hatte, um sie in Sicherheit zu bringen. Schon letztes Jahr hatte ich einen großen Schrankkoffer mit Büchern und eine Truhe voller Manuskripte mit nach Virginia genommen. Gide fand die Idee ausgezeichnet und ermutigte mich dazu, «denn man weiß nie», sagte er mir, «jetzt kann sich alles zum Schlechten wenden». Der Anschluß, das Sudetenland … Europa wurde seinerseits zum *kranken Mann* dieser Welt, und ich würde hinzufügen: krank an seiner Seele.

Offen gesagt dachten nur wenige Leute daran wegzugehen; es erschien sogar dermaßen lächerlich, daß ich darum bat, man möge diese Art Flucht geheimhalten; man sollte bei mir zu Hause sagen, ich sei abgereist, um meine Schwester Eleanor zu treffen, von der wir keine Nachricht mehr hatten und die Genua angesichts des drohenden Konflikts zwischen England und Italien in Richtung Menton verlassen haben mußte. Ich fuhr jedoch nach Pau. Eine unserer besten Freundinnen, eine Amerikanerin, Mary Caumartin, bewohnte mit ihren Töchtern eine schöne Villa etwas außerhalb der Stadt, an der Straße nach Orthez.

Ich wurde mit offenen Armen von dieser feinsinnigen Frau empfangen, die nicht eine Minute verlor, um mir zu sagen, daß sie mein Verhalten billigte, und zwei oder drei Stunden später fühlte ich mich in ihrem Heim vollkommen zu Hause. Ich schlief im Gärtnerhäuschen, in dem man mir ein Zimmer hergerichtet hatte, das zwar so kahl wie irgend möglich, aber sehr gemütlich war. Fast der ganze Tag verging mit Radiohören, und wir kommentierten die Nachrichten auf die ausführlichste Art und Weise, wobei wir versuchten, all diesen Satzbrocken, die unserer Neugier zum Fraß vorgeworfen wurden, etwas Neues zu entlocken. Manchmal kam es vor, daß wir die Stimme der in deutschem Sold stehenden französischen oder englischen Agenten hörten, und was sie sagten, erschien uns absurd, aber es beunruhigte uns und ließ uns zuweilen sogar erstarren. Unser Glaube an den Sieg der alliierten Streitkräfte war noch ungebrochen, auch nur einen Augenblick zu zweifeln, wäre uns wie Verrat vorgekommen. Natürlich hatte es die ersten bedenklichen Rückschläge in Holland und Belgien gegeben, aber das beeinträchtigte unsere Hoffnung nicht im geringsten.

Eine meiner bedrückendsten Sorgen war die Frage, was die in Paris zurückgelassenen Freunde wohl von mir denken mochten. Ich stellte mir die spöttischen Kommentare vor, die wahrscheinlich in den Kreisen zirkulierten, wo ich bekannt war. «Green hat sich rechtzeitig aus dem Staub gemacht, usw. ...» Ich wußte noch nicht, daß ich keineswegs der erste war und daß auch Maurois schon seine Koffer gepackt hatte, während andere – Darius Milhaud, Dalí, Jouvet, Charles Boyer –, die sich im Ausland aufhielten, nicht zurückkehrten. Ich sprach unentwegt davon, wieder nach Paris zu fahren, und in meinen täglichen Briefen für Anne, die sich um belgische Flüchtlinge kümmerte, ging es praktisch um nichts anderes. Jedesmal antwortete sie mir, das Leben habe sich in keiner Weise verändert, die Straßen seien nur etwas leerer; mit der Zeit stellte sich heraus, daß eine Menge Leute schon vor mir weggegangen waren, seit dem Norwegenfeldzug, der den Beginn des wirklichen Krieges ankündigte und das Ende des Kriegspielens.

Aufgrund meiner amerikanischen Staatsangehörigkeit war meine Abreise etwas völlig Normales, aber ich wollte wegen *Varouna* in die Avenue de La Bourdonnais zurück; ich hatte alle Druckfahnen korrigiert, und der Roman sollte vor dem Sommer erscheinen; deshalb stand mein Entschluß fest, Pau in den kommenden

Tagen zu verlassen, als gleich einem Donnerschlag die Nachricht über die Bombardierung von Paris eintraf. Vor dieser Nachricht fürchteten wir uns alle seit Monaten, und gleichzeitig rechneten wir mit ihr; unter allen Traumgespinsten, die der Angst vor der Zukunft entspringen können, nahm sie einen besonderen Platz ein, denn sie hatte etwas zugleich Unmögliches und doch Unausweichliches an sich; der Übergang vom Alptraum zur Wirklichkeit, die nur eine konkrete Form dieses Alptraums war, sollte uns einen ungeheuer gewaltigen Schock versetzen, und meine erste Regung war, zu glauben, die Nachricht sei falsch. Während des ganzen darauffolgenden Tages wartete ich voller Bangen auf einen Brief oder ein Telegramm, das mich über das Schicksal meiner Schwester und meiner Freunde beruhigen würde, denn die widersprüchlichsten Nachrichten waren im Umlauf.

Wir erfuhren zunächst, daß es nur wenige Opfer gegeben habe; einige Stunden später verkündete der Rundfunk dann, die Opfer seien doch zahlreicher gewesen als zuvor vermeldet, aber die Stadt habe wenig Schaden davongetragen. Die Deutschen hatten versucht, gleichzeitig den Kampfgeist der Hauptstadt zu untergraben und die alliierten Streitkräfte in Belgien und Nordfrankreich zurückzudrängen. Ihre Panzerdivisionen bohrten sich wie ein Keil in unsere Truppen, und die Maginot-Linie war zu nichts mehr nutze, sie war das Werk eines überholten Krieges, eine dem Boden verhaftete Befestigungsanlage im Zeitalter der Fallschirme, also jener tödlichen Blütenkelche, die hinter den Linien herniedersinken.

Das rasche Aufgeben Leopolds III. hatte einen Augenblick der Bestürzung hervorgerufen, aber die Stimmung besserte sich ziemlich rasch; der halbe Sieg von Dünkirchen, oder was man uns dafür halten lassen wollte, brachte einen kurzen Trost, solange die Wahrheit nicht bekannt war.

Aus Paris übermittelten mir Freunde einige interessante Einzelheiten über die Bombardierung. Überaus beeindruckt hatte sie vor allem der unbeschreibliche Lärm der Explosionen, während die feindlichen Flugzeuge am wolkenlosen Himmel unsichtbar blieben. William Bullitt, unser Botschafter, soll in seinem Amtsgebäude nur knapp dem Tode entronnen sein.

Die Deutschen setzten jedoch ihre Offensive fort. Den Scharfsinnigen genügten ein paar Tage, um zu verstehen, daß diesem Vorstoß kein Widerstand entgegenzusetzen war und die Alliierten lediglich hoffen konnten, beständig vor dem Feind zurückzuweichen, ohne es ihm zu ermöglichen, die englisch-französische Front zu durchbrechen. Das war eine neue Taktik, von der wir uns nur das Allerbeste versprachen. Das Vertrauen in den alten Weygand war noch ungebrochen. Alle zählten auf ihn, um das Wunder zu bewerkstelligen, das uns aus der Affäre ziehen würde wie damals im Jahre 1914 an der Marne, denn die meisten Menschen kennen nun mal keine andere Beweisführung als die durch Analogie. Wir hatten einen Krieg Verspätung, und ein General von 1914 hätte sein Käppi und seine Sterne mit Mottenpulver bestreuen und in einer Schublade verstauen sollen. Aber ich bin kein Franzose, um mich mit den Details dieser Verantwortlichkeiten auseinanderzusetzen, bei denen sich Politik und Diplomatie so furchtbar auf Kosten des Volkes getäuscht haben.

Von der Region, in der ich mich aufhielt, war Lourdes nicht weit entfernt, und man erzählte, die heilige Theresa von Lisieux sei in einem Karmeliterkloster einer Nonne erschienen und habe die Niederlage Hitlers für einen Zeitpunkt verkündet, zu dem alles verloren scheinen würde, und so nahmen viele die schlechten Nachrichten mit einer Art innerer Ruhe auf, die ihren Ursprung im grenzenlosen Vertrauen auf diese tröstliche Vorhersage hatte. Eine gewisse volkstümliche Naivität trat zutage und bemächtigte sich aller Formen von Hoffnung. Die

Dinge nahmen zwar einen schlechten Lauf, aber mußte es nicht noch schlimmer um sie bestellt sein, damit das Wunder in Erfüllung gehen konnte?

Andere wiederum suchten die Gründe für ihr Hoffen in den Prophezeiungen des wie immer spitzfindigen Nostradamus, die von einem entscheidenden Zusammenbruch der Deutschen in Poitiers sprachen, aber anzunehmen, die Deutschen könnten bis Poitiers vorstoßen, setzte so vernichtende Niederlagen voraus, daß es die Vorstellungskraft niederschmetterte und die Experten überzeugte, diese Prophezeiung müsse sich auf einen anderen Krieg beziehen, der wahrscheinlich gegen Ende des Jahrhunderts stattfinden würde. Man begann, die Umzingelung von Paris für möglich zu halten, obwohl es noch als eine Art Blasphemie erschien, von einer Besetzung der Stadt zu sprechen.

Der Durchbruch der Deutschen bei Forges-les-Eaux traf die Gemüter wie ein unheilvoller Schlag; die Normandie öffnete sich dem Eindringling, und die Umzingelungsbewegung zeichnete sich mit immer größerer Deutlichkeit ab. Aber Nostradamus schien anzukündigen, daß die Deutschen acht Tage lang vor Paris stehen würden, ohne in die Stadt einzudringen, und das Vertrauen in die verworrenen Hirngespinste dieses Astrologen stieg in dem Maße, wie jegliche Hoffnung in die Kraft unserer Waffen schwand. In den offiziellen Verlautbarungen war von der Hauptstadt nicht die Rede, obwohl die Schlacht, der man zunächst den klangvollen Namen «Schlacht um Frankreich» verliehen hatte, von einem Tag auf den anderen plötzlich «Schlacht um Paris» hieß.

Freunde, die ich in Regierungskreisen hatte, berichteten mir am Telephon, daß bestimmte Dienststellen nach Tours verlegt worden seien und ein Rückzug bis nach Moulins ins Auge gefaßt werde, aber wir alle waren dermaßen von Blindheit geschlagen und die Macht der Analogie hatte solchen Einfluß selbst auf die Skeptischsten, daß wir weiterhin verbissen an eine schnelle Vernichtung Deutschlands glaubten. Die Dummheiten der Propaganda hatten sich durchgesetzt: Der Abzug der Regierung sei eine weise Maßnahme, diktiert von der Gefahr einer neuerlichen Bombardierung und dem Wunsch, eine der schönsten Städte der Welt zu bewahren, indem man sie zur offenen Stadt erklärte. Und hatte die Regierung nicht auch im September 1914 Paris verlassen? Diese Erinnerung machte Mut, statt Unruhe hervorzurufen, so sicher waren wir, einer Art Neuauflage des Großen Krieges beizuwohnen, mit einem entscheidenden Sieg noch vor dem Sommer.

Irgendwelche Schwarzseher erinnerten allerdings heimtückisch an den Munitionsmangel. Sie erhielten als Anwort, die Qualität des französischen Kriegsgerätes würde die zahlenmäßige Unterlegenheit der alliierten Panzer bei weitem aufwiegen, und schließlich bekam man den Eindruck, die deutschen Kampffahrzeuge wären aus Pappe. Was sich jedoch auch herumsprach, war der übermenschliche und in gewisser Weise mechanische Starrsinn, mit dem der deutsche Soldat im eroberten Land vordrang. Uns wurde erzählt, daß er wie ein Automat voranschreite; wenn ein Panzer auf ihn zurollte, und er vor seinen Geschützrohren stand, ließ er den Panzer lieber über seinen Körper hinwegrollen, als auch nur einen Zollbreit Boden aufzugeben. Schwachsinn dieser Art zierte die üblichen Gespräche und Tratschereien im Radio. Man konnte sich einer mit Grauen versetzten Bewunderung für Männer nicht erwehren, die so vollkommener Selbstaufopferung fähig waren; diese beruhe aber, wie man sagte, auf einem vollständigen Fehlen jeglicher Individualität und einer Art allgemeiner Vergiftung von Millionen Männern, die der unerklärlichen Macht ihres Führers unterworfen seien. Was gemeinhin als Fanatismus der deutschen Armee bezeichnet wurde, rief Unbehagen bei den größten Optimisten hervor, bei jenen, die an die Allmacht der 75-mm-

Kanone und die Unfehlbarkeit der französischen Genialität in Sachen Verteidigung glaubten! Es wurde indes immer deutlicher, daß die gewagteste und brillanteste Strategie eine Armee, der langsam die Munition ausging, nicht vor dem Zusammenbruch bewahren konnte. Tief in unserem Inneren waren wir uns dessen bewußt, wollten es uns aber nicht eingestehen.

Ich hatte eine Karte der Kampfhandlungen aus einer Zeitung ausgeschnitten und in meinem Zimmer an die Wand gehängt, aber der deutsche Vorstoß war so schnell, daß nach einigen Tagen die Namen aus dem Frontbericht nicht mehr auf dieser Karte zu finden waren, die ich schließlich herunterriß, ohne den Mut aufzubringen, sie durch eine andere zu ersetzen, die immer näher zu rücken schien.

Ich beneidete den guten Touya, unseren Gärtner, um seine fröhliche Laune und seinen unerschütterlichen Optimismus. Er war ein braver Alter mit einem heiteren Gesicht und einem riesigen, wie im Baskenland rot umgürteten Bauch. Er hatte den letzten Krieg mitgemacht und ergötzte uns aufs äußerste, weil er sich beim Mähen des Rasens gerne vorstellte, er würde deutsche Regimenter niedermähen, und so hörte man ihn ganz unverblümt die harmlosen Gräser beschimpfen, die unter seiner Sense dahinstoben. Der Angriff auf Berlin hatte, als Antwort auf jenen von Paris, auf ihn wie auf fast alle Leute eine anregende Wirkung, während ich für meinen Teil bedauerte, daß wir uns über ein so trauriges Ereignis freuen mußten. Später sollte man übrigens dahinterkommen, daß es mehr oder weniger ein Bluff gewesen war. Keinerlei Vergnügen bereitete mir die Nachricht über die Bombardierung des Rheinlandes, und in meinem Innersten machte ich keinen Unterschied zwischen den deutschen und den alliierten Opfern, aber ich sprach über diese Gefühle nicht, da ich die Hoffnung aufgegeben hatte, in diesem Punkt auf Verständnis zu stoßen, denn die patriotische Grausamkeit, die in Kriegszeiten außer Rand und Band gerät, ließ nicht zu, daß der deutschen Bevölkerung Gnade gewährt würde, nachdem man erfahren hatte, wie auf den Straßen Frankreichs die Massen der Flüchtlinge über den Haufen geschossen worden waren. Offen gesagt war meine Position ausgesprochen schwierig, vor allem mir selbst gegenüber, denn ich haßte den Krieg aus ganzem Herzen, aber ich fürchtete einen Sieg Hitlers. Ich segnete die Umstände, die aus mir einen Amerikaner gemacht hatten und mir auf diese Weise die Sorge ersparten, das schwierige Problem des Nicht-Widerstands lösen zu müssen. Ich verbrachte einen Teil der Nacht damit, in meinem Zimmer auf und ab zu gehen und mir dabei die Frage zu stellen, was das alles zu bedeuten habe, und nach einem geheimen Sinn in den ungeheuerlichen Ereignissen zu suchen, von denen uns das Radio immer beunruhigendere Echos übermittelte. Ein Satz wie «Der Feind steht in den Vororten von Rouen» zum Beispiel schien für mich keinerlei Sinn zu haben. Wie seit meiner frühesten Jugend stellte ich mir Fragen über die Realität der Geschichte und die Projizierung geheimer Gefühle in das, was die Menschen aus ihrem Leben und der Welt machen.

Anne traf plötzlich ein, sie hatte Paris im Auto mit Freunden verlassen, die nach Cambo in ihr Sommerhaus wollten und sie im Vorbeifahren absetzten wie Nachbarn auf dem Weg in die Ferien. Sofort lauschte sie begierig allen Neuigkeiten.

Das Unheil weitete sich aus. Der französische Widerstand wurde zermalmt, während wir noch weiter an den Sieg glaubten, weil uns der Sieg verheißen worden war. Schon wurden die Flüchtlinge aus Belgien und Flandern von den ersten Parisern abgelöst, doch der Aberglaube war so tief in unseren Herzen verankert, daß wir darauf beharrten, daß Paris nicht eingenommen werden würde und daß es daran gar keinen Zweifel gebe. Was uns in dieser Meinung bestätigte, war das Schweigen der Berichterstattung über alles, was die Hauptstadt betraf, und wir glaubten, die Belagerung der Stadt habe noch nicht einmal begonnen.

Dann kam ein Sonntag, an dem der Pfarrer von Notre-Dame in Pau auf die Kanzel stieg. Seine Predigt erschütterte und empörte uns, Mary und mich. «Wegen der Lauheit der Franzosen und der Unzulänglichkeit ihrer Gebete», sagte er, «sind die Nazis jetzt in Notre-Dame von Paris und in Sacré-Cœur von Montmartre.» Wir wußten buchstäblich nicht, was er meinte, aber das Radio erklärte es uns um halb eins, als es mitteilte, «Paris ist unter der Besatzung ganz ruhig». Die Deutschen waren tatsächlich am Freitag zuvor einmarschiert. Regierung und Radio hatten seit vier Tagen mehr als je zuvor gelogen, indem sie verschwiegen, daß Paris aufgegeben worden und dann gefallen war.

In dieser Nacht rief mich Robert de Saint Jean an. Er hatte eine ziemlich wichtige Stelle im Informationsministerium, und kaum hatte ich seine Stimme erkannt, da erfuhr ich auch schon, daß sich die Regierung nach Bordeaux geflüchtet hatte. Er, der normalerweise gut gelaunt und fast immer optimistisch war, machte einen sehr ernsten Eindruck und sagte mir auf englisch, daß eine sehr wichtige Entscheidung getroffen werden würde und ein *great change* bevorstand. In diesem Augenblick sagte die anonyme Stimme eines Telephonisten mit schroffem Tonfall: «Sprechen Sie französisch.» Die Stimmung veränderte sich immer mehr, und so trat auch der Argwohn in Erscheinung, das *Schweigen Sie, feindliche Ohren hören Ihnen zu* der Plakate ging mir durch den Sinn, bald würden die Franzosen wieder zu jenen Ausländerfeinden, die sie leider oft tief in ihrem Inneren sind!

Da wir nicht weit voneinander entfernt waren, sagte ich also zu Robert, ich würde ihn am nächsten oder übernächsten Tag besuchen. Er wollte wissen, welchen

Zug ich nehmen würde. Ich hatte die Absicht, am späten Nachmittag zu reisen, und er gab mir seine Adresse. Als er aufgelegt hatte und ich meiner Schwester von diesem Gespräch berichtete, sah sie äußerst besorgt aus und riet mir, mit meiner Fahrt nach Bordeaux nicht bis übermorgen zu warten. «Wenn Robert dich angerufen hat», sagte sie zu mir, «dann braucht er dich. Warte nicht.»

Der erste Zug des nächsten Tages fuhr um sechs Uhr morgens, und deshalb beschloß ich, den folgenden zu nehmen, den um elf Uhr, und bereits meine Rückfahrt für den übernächsten Tag zu reservieren. Bevor ich meine Schwester verließ, machte ich mit ihr einen Spaziergang auf einer jener schönen Straßen, die nach Pau führen, und obwohl uns die Nachricht über die Einnahme von Paris bedrückt gemacht hatte, sprachen wir an diesem Morgen statt vom Krieg über die verschiedenen Baumarten, die wundervollen Hortensien und die Rosen, die man in diesem Zipfel Frankreichs sieht. Vor allem über die Rosen. In jenem Juni versank Pau unter den Rosen, sie triumphierten in den Gärten, und die langen Sommerabende schienen bloß ihre zu Dunkelheit gewordenen Wohlgerüche zu sein. Schließlich erklärte ich Anne, daß ich am nächsten Tag bis zum Abendessen zurück sein wolle, mich aber fragte, ob ich eine Unterkunft finden würde, denn man hatte uns gesagt, daß Bordeaux von Flüchtlingen überquelle und kein einziges Zimmer frei sei. «Vielleicht schlafe ich im Bahnhof», sagte ich also. «Auf jeden Fall nehme ich ein Buch, meine Papiere und eine Zahnbürste mit!» Wir verabschiedeten uns wie immer auf englische Art, dem Anschein nach eher kühl, aber die Zuneigung war im Herzen und in den Augen.

Der Zug nach Bordeaux war beinahe leer. Ein paar Offiziere sprachen in den Gängen halblaut miteinander. Ich hörte diesen Satz, der mir vertraut geworden war und dessen Widerklang ich verabscheute: «Es fehlt an Material...» Und jenen anderen, der mit noch größerer

Bitterkeit ausgesprochen wurde: «Die Engländer haben nicht genug Männer geschickt... In Dünkirchen haben sie als erste Reißaus genommen.»

Nach meiner Ankunft in Bordeaux suchte ich ein Taxi, und da ich keines fand, nahm ich die Straßenbahn. Um mich herum unterhielten sich die Leute, wie sie es in normalen Zeiten getan hätten, sie redeten nur von ihren eigenen kleinen Angelegenheiten. Die Sonne strahlte in einem wolkenlosen Himmel. Ich stieg an der Place Jean-Jaurès aus; mein Blick fiel auf eine Abendzeitung, auf deren erster Seite in dicken Lettern folgende Worte prangten: «Marschall Pétain sagt, daß der Kampf eingestellt werden muß.» Ich frage mich, was in einem Roman eine Figur gedacht hätte, die in meiner Lage gewesen wäre und deren Augen, wie die meinen, diesen Satz gelesen hätten. Ich für meinen Teil verspürte keine der gemeinhin zu erwartenden Empfindungen wie Trauer oder Wut, vielmehr hielt ich diese Zeitung, nachdem ich sie gekauft hatte, mehrere Minuten lang vor meine Augen und las zwanzigmal ihren Titel, ohne zu verstehen, was er bedeutete. Ich überquerte den in Sonnenlicht getauchten Hauptplatz, ging langsam zur Comédie, und plötzlich ereignete sich tief in mir ein merkwürdiger Ausbruch der Freude: Ich verstand mit einem Mal, daß der Krieg zu Ende gehen und die Männer in einigen Stunden nicht mehr an der Front sterben würden.

Diese ungeheure Erleichterung kam – und ich schäme mich nicht, das einzugestehen – von viel weiter her als alle erlernten Gefühle und hatte ihren eigentlichen Ursprung in den Tiefen des Lebensinstinktes. Mir schien, daß ein ganzer Rückstand an Traurigkeit, Angst und Schrecken in einer Minute ausgeglichen wurde und wir mit einem Schlag dem Tod nichts mehr schuldeten. Die Überlegungen, die ich nachher anstellte, so aufrichtig sie mir auch vorkamen, hatten nicht mehr diesen spontanen Charakter, und ich wage sogar zu sagen, daß sie etwas Erzwungenes an sich hatten, wodurch sie ein gewisses Unbehagen mir selbst gegenüber hervorriefen. All die Melancholie, die diese Nachricht mit sich brachte, beeinträchtigte in keiner Weise die Erleichterung, von der ich gesprochen habe, und ich schrieb diese Mischung aus zwei so widersprüchlichen Gefühlen der Tatsache zu, daß ich nicht Franzose war, «denn», so dachte ich, «wäre ich Franzose, würde mich ein heftiger Schmerz quälen, und daran sieht man also sehr gut, daß die Erziehung nicht so stark ist wie die Abstammung».

Dennoch konnte ich nicht umhin, an Pétains Alter zu denken und an die Tatsache, daß wieder einmal ein Soldat das Wort ergriff. Ein unverzügliches Mißtrauen sagte mir im Inneren, daß ich das Land verlassen mußte.

Während ich diese Dinge in meinem Kopf wälzte, hatte ich einige Schwierigkeiten, die enge und dunkle kleine Straße zu finden, deren Namen mir Robert genannt hatte. Über die Place de la Comédie spazierte eine schwatzende Menge mit einer Art Sorglosigkeit, in der ich eine Form von Mut erblicken wollte, aber an diesem Tag hielt ich mich nicht mit umfassenderen Beobachtungen auf und begab mich ins Hotel. Robert war nicht da, und ich erfuhr, daß er gegen vier Uhr zurück sein würde. Ich bestellte mir im Hotelrestaurant ein Mittagessen und las nochmals die Zeitung. Es war drei Uhr.

An einem Nachbartisch ging ein Mahl zu Ende, dem es an Fröhlichkeit gewiß nicht gemangelt hatte, denn es gab bereits eine stolze Zahl leerer Flaschen, und die Gesellschaft sprach laut und lachte aus vollem Halse. In ihrer Mitte schien der Strauß Ranunkeln unter dem Duft der guten Kost verwelkt zu sein, und die Blumen ließen ihre Köpfe bis zu den Flecken auf dem Tischtuch und den Aschenbechern voller Zigarettenstummel hängen. Diese Leute machten sich ganz besonders über jemanden aus der Stadt lustig, von dem sie behaupteten, er würde, sobald der Augenblick gekommen sei, als erster *«Heil Hitler!»* schreien. Sie ahmten ihn ganz vorzüglich nach. Ich weiß nicht, warum diese Äußerungen auf mich jene Wirkung hatten, die der Satz des Marschalls Pétain nicht gehabt hatte. Dieser kleine dunkle Raum, diese Gäste mit ihren vom Alkohol geröteten Gesichtern, denen die Niederlage ihres Landes so wenig auszumachen schien, all das kam mir zu meinem großen Erstaunen plötzlich so tragisch und so mittelmäßig vor, daß ich etwas Unaussprechliches verspürte: Eine allgemeine Entwürdigung der Menschheit vollzog sich beinahe vor meinen Augen, Worte, die uns teuer waren, verloren ihren Gehalt, es war nicht mehr möglich, an bestimmte Ideen zu glauben, die wir bis zu diesem Tag nicht einmal in Frage gestellt hatten, genausowenig wie an all die sakrosankten Banalitäten, die auf den Stirnseiten der öffentlichen Gebäude oder leider auch auf dem Seidentuch der Fahnen zum Ausdruck kommen. Man hatte uns bestohlen, die Geschichte hielt uns zum Narren. Trotz allem blieb etwas Positives: Die Geschütze würden verstummen. Ich verließ das Restaurant und entfernte mich von diesem so schaurig-fröhlichen Tisch.

Robert kam einen Augenblick später zurück. Seine Miene, sein Blick machten die Strapazen deutlich, die er seit seiner Abreise aus Paris auf sich genommen hatte. Die große Veränderung, von der er mir am Vorabend telephonisch berichtete, war die Vorgehensweise Pétains. Die wenigen Worte, die er anschließend dazu verlor, setzten mich über den Ernst der Lage in Kenntnis. Die Regierung war gespalten, die Truppen in Auflösung begriffen, Spanien drohte durch den Mund von Serrano Suñer, seine Grenze zu schließen.

Ich habe immer in einer Art Traum gelebt, der mich vor bestimmten Berührungen mit der Realität bewahrt und aus dem ich nur mit einem Gefühl des Schmerzes erwache. Dieser Zustand ist der eines guten Teils der Menschheit, glaube ich. Ich stellte mir vor, daß dieser

Krieg, sobald der Waffenstillstand den Deutschen vorgeschlagen und von ihnen angenommen wäre, enden würde wie alle früheren Kriege: Man überließ dem Sieger ein paar Provinzen und bezahlte die geforderte Entschädigung; war das einmal erledigt, folgte die Freigabe des Territoriums, und das normale Leben nahm wieder seinen Lauf. Aber wir waren nicht im Jahre 1918, auch nicht im Jahre 1870, und ich begann zu verstehen, daß die Dinge nicht mehr wie früher vor sich gehen würden. Nach dem Ende des Krieges würde in der Tat eine planmäßige Verfolgung im ganzen Land organisiert werden, eine Art Schreckensherrschaft, welche die hartnäckigsten Feinde des Dritten Reiches treffen würde. Und wahrscheinlich würde das ganze Land, vielleicht für lange Zeit, besetzt bleiben.

An diesen Teil meines Berichtes mache ich mich nicht ohne eine gewisse wiederaufkeimende Angst, denn es handelt sich um Augenblicke, die in meiner Erinnerung noch ganz frisch sind. Robert bot mir an, mit ihm das Zimmer zu teilen, das er im dritten Stock belegte. Dieser Raum erhielt sein Licht über einen kleinen Innenhof, den ein staubiges Glasdach vor Regen schützte. Ich glaube, ich werde niemals diesen Eindruck des Entsetzlichen vergessen, den die Wände und Möbel dieses Zimmers auf mich machten. Es war, als ob mich etwas davor gewarnt hätte, daß ich in dieser für die Ausschweifungen der Mittellosen bestimmten Kulisse einige der bangsten Stunden meines Lebens verbringen würde. Ich habe vergessen zu sagen, und dieses Detail spricht Bände, daß die Besitzerin des Hotels Robert gefragt hatte, ob er das Zimmer *auch* tagsüber benütze und ob er es nicht, wenn er nicht da sei, Personen überlassen könne, die es eventuell brauchen würden. Ich dachte sofort an die nächtlichen Zufluchtsstätten im Viktorianischen London von Dickens, aber die ehrenwerte Nutznießerin hatte ihre Betten für eine zwielichtigere Bestimmung ausersehen. Wir behielten den Schlüssel und verließen fast augenblicklich diesen Ort von entmutigender Häßlichkeit, um in der Stadt spazierenzugehen.

Das Grand Café de Bordeaux gegenüber der Comédie war der Ort, an dem sich alle Flüchtlinge der Hauptstadt trafen. Seine Säulen, Verzierungen, Spiegel und Decken, an denen ein ganzer offenbachscher Olymp umhersprang, erzählten von Glück und Naschhaftigkeit, und man kann sich nur sehr schwer einen grausameren Zug der Ironie vorstellen, als den, auf einer so oberflächlichen und banalen Bühne, wie es dieses große Provinzcafé war, einen der schrecklichsten Angstzustände anzusiedeln, die Frankreich je erlitten hatte. Es genügte, die Blicke umherschweifen zu lassen und den Äußerungen zu lauschen, die sich von Tisch zu Tisch fortsetzten, um zu verstehen, daß die Gesellschaft, die wir gekannt hatten, ganz jämmerlich auf diesen weinroten Sitzbänken im Sterben lag.

Mit einer Art belustigter Melancholie erkannte man die seit dem letzten Krieg bemerkenswertesten Schriftsteller und Maler sowie alles, was zur guten Gesellschaft gehört, alle Veranstalter von Festen und die Stammkunden der Salons, eine seltsame kleine Welt, in der sich das Frivole und Nutzlose dem Talent beimischten und die hier ein von schlaflosen Nächten und der unerbittlichen Angst der Flucht entstelltes Gesicht zeigte. Gewiß schätzte man sich glücklich, weil man Paris rechtzeitig hatte verlassen können, aber die deutschen Truppen marschierten weiter vorwärts, und nichts gestattete einem zu glauben, daß sie vor Bordeaux haltmachen würden. Bordeaux war eine Zwischenstation, bot eine kurze Verschnaufpause für die Flüchtlinge, schon schien die Angst aus den Pflastersteinen der Stadt aufzusteigen, und aufgrund eines ziemlich mysteriösen psychologischen Phänomens herrschte immer mehr die Meinung vor, Bordeaux sei eine Art Mausefalle, aus der ein Entkommen unmöglich sein würde.

Eine der ersten Personen, die ich traf, war André David, den ich als glücklichen und strahlenden Menschen in Paris kennengelernt hatte, als er sich darum kümmerte, Konferenzen mit französischen und ausländischen Politikern zu organisieren. Er kam mit einer Geste der Verzweiflung auf mich zu und verfiel sofort in einen Monolog, der aus kaum mehr als einer Aufeinanderfolge von Ausrufen bestand. Ich versuchte, ihm das Vertrauen zurückzugeben, aber bald sah ich ein, daß es nutzlos war, daß er sich lieber mit finsterem und grausamem Vergnügen in seinem Kummer wälzte. Ich wußte, daß er sich vor kurzem zum Katholizismus bekehrt hatte, und fragte mich, ob er nicht darin einen gewissen Trost finden könne. Wir tranken in einem dunklen und ruhigen kleinen Café ein Glas Cognac, und ich bemühte mich, ihm die komische Seite dieser Katastrophe zu zeigen, ganz besonders die Aufregung bei den Leuten aus der guten Gesellschaft, denen Egoismus und Schrecken mitunter Worte entlockten, die eines Molière oder Becque würdig gewesen wären, aber auch er war von seinem eigenen Unglück besessen und wollte sich nicht davon abbringen lassen. «Mich erwartet das Konzentrationslager», sagte er immer wieder mit von Schweiß feuchten Wangen. Und verstohlen machte er ein flüchtiges Kreuz und stieß zugleich einen schrecklichen Seufzer aus. Kurz darauf verließ ich ihn, um ins Grand Café de Bordeaux zurückzukehren.

Ein reizender alter Romancier, Edmond Jaloux, der mich früher einmal wegen meiner Angst vor dem Krieg ein wenig verspottet hatte, näherte sich mir und ergriff meine Hände. Er hatte den Ruf eines Skeptikers und Mandarins, auf den er ziemlich stolz war, aber von dieser philosophischen Haltung war heute nichts zu sehen. Ich erinnere mich daran, daß ich ihm gesagt habe, man bekomme den Eindruck, Frankreich zu Grabe zu tragen, aber daß Frankreich wohl schon 1918 gestorben sei und wir nichts davon erfahren hätten. «Leider Gottes ist es

1870 gestorben», sagte er und schüttelte sein weißes Haupt. Ich fragte ihn nach seinen Plänen, er antwortete mir, daß er beim spanischen Konsulat um ein Visum betteln wolle, und wir tauschten unsere Adressen aus, Exiladressen, aber ohne allzu große Hoffnung, uns wiederzusehen.

Das magische Schriftstück, einen amerikanischen Paß, hatte ich bei mir, und ich begann, mich mehrmals am Tag daran zu erinnern. Gewiß, ich wußte, daß mich meine Staatsangehörigkeit vor all dem Unglück in Schutz nahm, das die Franzosen bedrohte, aber der Gedanke, in Frankreich unter deutscher Besatzung zu leben, sagte mir nicht sehr zu. In dieser neuen Welt hatte ich keinen Platz. Ich fragte mich, ob ich bei meiner Rückkehr nach Pau meiner Schwester nicht vorschlagen würde, fortan in Amerika zu leben. Das Schicksal Roberts beunruhigte mich weitaus mehr als das unsere, da wir uns in keiner unmittelbaren Gefahr befanden, während er durch seine Stellung im Ministerium für die Repressalien von Goebbels wie geschaffen war, aber konnte er Bordeaux überhaupt verlassen? Nach reiflicher Überlegung erschien es mir nicht unmöglich, nachdem das Propagandabüro, dem er zugeteilt gewesen war, im allgemeinen Durcheinander der Niederlage plötzlich aufgelöst worden war.

Als ich ins Hotel zurückkam, führten wir über ebendieses Thema ein langes Gespräch in jenem düsteren kleinen Zimmer, das diesmal noch schauerlicher wirkte. Mit größter Ruhe und vollkommener Gleichgültigkeit teilte er mir mit, daß meine Befürchtungen tatsächlich begründet seien und daß das Schicksal, welches ihn bei einem Verbleiben in Frankreich erwartete, keinen Zweifel ließ. 1930 waren wir bei einem Abendessen der französischen Botschaft in Berlin, Robert sprach von der deutschen Wiederaufrüstung unter dem Deckmantel der Turnvereine: Eine Armee formiere sich wieder und dies sehr schnell. Der Botschafter spöttelte: «Hören sie sich mal diesen Pariser an, er bildet sich ein, Deutschland bereite den Krieg vor!» Wieder in Paris, hatte Robert nicht aufgehört, in seinen Artikeln auf diese Gefahr zurückzukommen. Das Jahr 1938 gab ihm recht. Ribbentrop, dessen Machenschaften er mehrmals enthüllt hatte, verfolgte ihn mit seinem persönlichen Haß. Blieb die Frage, ob es unter den gegenwärtigen Umständen genauso ehrenhaft war, wegzugehen, wie zu bleiben. Für ihn war das Gegenstand einer langen Prüfung; diese Frage hatte sich schon manch anderen Leuten gestellt, und viele begannen, sie auf die eine oder andere Weise zu lösen. So spaltete sich Frankreich langsam in zwei Teile, und die Emigration zeichnete sich am Horizont ab.

Mit der Logik seines Menschenschlags ging Robert de Saint Jean an das Problem heran, als handle es sich um eine andere Person, damit das persönliche Interesse nicht verfälschend auf das Urteil einwirke. Er versuchte mit mir aus allem, was wir wußten, abzuleiten, was mit einem Menschen in seiner Position unter deutscher Besatzung geschehen würde. Womit konnte er seinem Land dienen, und war eine Kollaboration überhaupt möglich, nachdem Deutschland nun bis hin zu den Pyrenäen über Frankreich herrschte? Manche Leute schienen daran zu glauben. Man sprach von einer Rede, die Hitler unter dem Arc de Triomphe gehalten und in der er lobende Worte über den französischen Mut gefunden haben sollte. Lag darin nicht der Hinweis auf eine wohlwollende Haltung? Andererseits war es ratsam, sich an das Schicksal der Tschechoslowakei und Polens zu erinnern. In Frankreich bleiben, akzeptieren, unter der Überwachung durch Deutschland zu arbeiten, sich den Forderungen der Hitlerschen Zensur beugen, unter Androhung der Amtsenthebung oder einer schlimmeren Strafe schließlich vielleicht doch gegen seinen Willen in die Nationalsozialistische Bewegung eintreten, eine Armschleife mit Hakenkreuz tragen – mußte man nicht all das ins Auge fassen, wenn man von Kollaboration mit dem Dritten Reich sprach? Und außerdem war es gar nicht sicher, daß man dieses Privileg der Kollaboration so leicht erhielt; die Konzentrationslager standen für die Feinde Deutschlands weit offen. Da war es immerhin besser, ins Exil zu gehen, das den Franzosen zumindest eine kleine Chance bot, im Ausland ein lebendiges Bild ihres Landes zu bewahren. Aber wenn Robert schon weg wollte, konnte er es denn auch? Genehmigungen waren notwendig, und ich kannte ihn gut genug, um zu wissen, daß er für sich selbst nie um etwas bitten würde. Ich beschloß, die administrativen Schritte an seiner Stelle zu unternehmen. Ich war vollkommen unabhängig und frei und schuldete niemandem etwas. Es traf sich gerade, daß ich die Frau eines Regierungsmitglieds, des Innenministers, kannte, und ich verlor keine Minute, um sie in dem Hotel zu besuchen, wo der Lauf der Geschichte sie in großem Prunk zu wohnen zwang.

Kaum hatte ich ihr guten Tag gesagt, da war mir auch schon die Nutzlosigkeit meines Besuches klar. Vor mir stand eine verzweifelte und wütende Frau, ganz und gar unter dem Eindruck der französischen Erniedrigung und bereit, ihren Verdruß am erstbesten Opfer auszulassen. Das glaubte ich zumindest. Es schien mir offensichtlich, daß ich in ihren Augen den Fehler hatte, Amerikaner und damit neutral zu sein. Als ich ihr sagte, daß die Mehrheit der großen Städte Frankreichs wahrscheinlich in Kürze besetzt würden und das Schicksal vieler unserer Freunde immer problematischer würde, stellte sie sofort in Abrede, daß die Deutschen die Absicht hätten, Gewalttaten gegen wen auch immer auszuüben, «aber», sagte sie, «wenn Ihr Freund den Wunsch hegt, das Land zu verlassen, soll er es doch tun. Im Augenblick vergibt die Präfektur alle Ausreisevisa, die man nur haben will». Und plötzlich rief sie aus: «Sie haben doch gesehen, wie sie sich in Paris verhalten haben!» Ich antwortete ihr, daß ich tatsächlich in den Zeitungen gelesen hätte, die Bevölkerung habe sich sehr ruhig gezeigt. «Die Bevölkerung!» meinte sie. «Ich spreche von den Deutschen. Überall herrscht eine bewunderungswürdige Ordnung, wie in Berlin!» Manchmal bin ich etwas schwer von Begriff, so daß ich bei dieser Französin zunächst an Ironie glaubte, deshalb beging ich auch die Unvorsichtigkeit, ihr zu sagen, man müsse, so traurig die Morgennachrichten auch sein mochten, darauf hoffen, daß England noch durchhalte und es bislang kein Beispiel dafür gebe, daß England geschlagen worden sei. «England kann man nicht schlagen», sagte ich. «Was für eine Überheblichkeit!» schrie sie. «Immer dieselbe Phrase: England unschlagbar! Nun gut, mein Herr, heute morgen haben wir dieses England geschlagen!»

Das Gespräch nahm eine so seltsame Wendung, und ich war dermaßen durcheinander von dem, was ich hörte, daß ich den Augenblick für gekommen hielt, mich zu erheben und aufzubrechen, was ich auch unverzüglich tat. Die arme Frau war vor Aufregung gerötet, und ihre Augen blitzten vor Zorn; wie ich sie so sah, empfand ich aufrichtiges Mitleid und lächelte ihr zu, was sie jedoch endgültig außer sich brachte, denn offensichtlich verstand sie nichts von dem, was ich dachte oder ihr zu sagen versuchte. Sie öffnete die Tür ganz weit, und als ich die Schwelle überschritten hatte, sagte sie mit einer schallenden Stimme, die aus allen Richtungen wie um die Wette widerhallte: «Und lassen Sie es sich gesagt sein, mein Herr, wir sind noch immer lieber Deutsche als Amerikaner!» Die mit Wucht zugeworfene Tür unterstrich diesen Satz, dessen Beziehung zu dem, was ihm voranging, zwar nicht augenscheinlich war, dessen Aufrichtigkeit aber außer Zweifel stand. Das also dachte die Frau eines einflußreichen Regierungsmitglieds, und ich stellte mir ohne allzu große Mühe die Kabinettssitzungen vor wie auch die Ambitionen, die dort jedes andere Gefühl in den Hintergrund drängten, allen voran die Vaterlandsliebe. Die darauffolgenden Ereignisse zeigten von Stunde zu Stunde, daß ich alles klar gesehen hatte.

Als ich die Hoteltreppe hinabstieg, wurde mir die Komik der Szene bewußt, die ich soeben erzählt habe, und ich dachte eher daran zu lachen, als zu weinen. Heute morgen wurde ein neues Frankreich geboren, dachte ich, und es schlägt mir die Tür vor der Nase zu.

Als ich wieder bei Robert war, sagte ich sofort zu ihm: «Ich habe nichts erreicht, aber ich habe etwas erfahren, es gibt ein deutsches Frankreich.» Der Bericht über meinen Besuch erstaunte ihn sehr, und er bedauerte, daß ich mich seinetwegen einem so unangenehmen Auftritt ausgesetzt hatte, aber ich sah darin weiterhin nur die komische und prophetische Seite. Was uns am meisten beeindruckte und auch traurig stimmte, war die Geschwindigkeit, mit der sich das Land zu verändern und dem Eindringling lieb Kind zu werden schien; wir wußten indessen noch nicht, welchem Wunder an Schnelligkeit wir bei der Kehrtwendung der Regierung und eines Teils der öffentlichen Meinung in Kürze beiwohnen würden.

Um wieder auf Robert zurückzukommen, sein Fall sah schwierig aus. Frankreich zu verlassen, war nicht möglich, und die fortschreitende Besetzung eines Großteils des Landes ließ nichts Gutes für die Gegner der Nazis vorausahnen. Ich spürte, wie die Bedrohung um uns herum Gestalt annahm, denn meine Zuneigung zu ihm bewirkte, daß alles, was ihn betraf, auch mich betraf, und zwar mit doppelter Stärke; und ich wußte nicht, wie er es anstellen konnte, um aus dieser Klemme herauszukommen. Wahrscheinlich waren die Deutschen noch weit von Bordeaux entfernt. Wo genau waren sie? Ebendas wurde nicht gesagt, und diese kriminelle Unwissenheit, in der man die Franzosen ließ, war eines der wichtigsten Elemente der Katastrophe, die dann kam. Man vermutete, die Deutschen wären noch damit beschäftigt, die Loire zu überschreiten, und wir könnten auf einige Tage Freiheit zählen.

An diesem Montag beschloß ich, die Nacht in Bordeaux zu verbringen und am nächsten Nachmittag wieder den Zug nach Pau zu nehmen, in der Hoffnung, daß mir bis dahin ein hilfreicher Einfall kommen würde. Doch über Nacht war kein guter Rat gekommen, und ich fühlte, wie eine Traurigkeit, die ich immer schwerer verbergen konnte, von mir Besitz ergriff. Diese schon jetzt übervölkerte Stadt, die von Stunde zu Stunde Hunderte neuer Flüchtlinge aufnahm, von denen man nicht wußte, wo man sie unterbringen sollte, strömte Unbehagen und Furcht aus. Es schien, als trüge jeder Neuankömmling zur allgemeinen Unruhe bei. Die Flüchtlinge kamen nicht mehr aus den nördlichen Regionen oder der Gegend um Paris, sondern aus unmittelbarer Nähe, und ein Militärbefehl mußte den Zivilisten verbieten, selbst angesichts der Invasion ihr Zuhause zu verlassen, um zu verhindern, daß sich nicht halb Frankreich in ein paar Departements des Südwestens entleerte.

In der ganzen Stadtmitte wurde der Verkehr zum Problem; im Umkreis der Comédie herrschte ein ständiges Kommen und Gehen, die Menge war auf der Suche nach Neuigkeiten oder zumindest Gerüchten, denen auch die größten Prahlhänse nicht ohne Entmutigung lauschten. Auf die Bitte um einen Waffenstillstand hatte Deutschland bloß mit einer Verstärkung seines Vormarsches geantwortet. Dieser Krieg glich wahrhaftig in keiner Weise anderen Kriegen. Eine neue Epoche begann.

Am Dienstag morgen schickte ich meiner Schwester ein Telegramm, um ihr mitzuteilen, daß ich am nächsten Nachmittag mit dem Zug nach Pau zurückkehren würde. Ich sah in der Tat, was für eine große Hilfe meine Anwesenheit für Robert de Saint Jean war, der manchmal in Zustände der Niedergeschlagenheit verfiel, und ich hoffte immer noch, ihm auf irgendeine Art helfen zu können, auch wenn ich nicht genau wußte wie. Da ich mich daran erinnerte, was mir die Frau des Ministers über die Ausreisevisa gesagt hatte, die nach jener Dame so großzügig in der Präfektur verteilt würden, bewegte ich Robert dazu, einen Schritt in diese Richtung zu versuchen, aber weder er noch ich hatten großes Vertrauen in die Auskunft, die mir, wenn ich so sagen darf, an den Kopf geworfen worden war.

Robert kam ein paar Stunden später zurück und bestätigte, daß die Visa vorläufig nicht ausgestellt würden, da die Amtsräume verlegt worden seien. Ich sah, wie ihn dieser widrige Umstand mutlos machte, und es schnürte mir das Herz zusammen; ich beglückwünschte mich dazu, nicht abgefahren zu sein, denn es ist das Vorrecht einer alten Freundschaft, bei jenen, die man liebt, mit ein paar Worten voll guter Laune die Hoffnung neu entfachen zu können.

Die Amtsräume sollten normalerweise am nächsten Tag in einer Bezirksverwaltung wieder geöffnet werden, und es bestand kein Grund, den Mut zu verlieren; die Deutschen waren, so eilig sie es auch haben mochten, noch in gehöriger Entfernung von der Stadt, selbst wenn ihre Panzer die Loire, von der noch immer gesprochen wurde, schon längst hinter sich gelassen hatten.

Am Nachmittag desselben Tages erblickten wir im Grand Café de Bordeaux einen unserer besten Pariser Freunde, dessen gute Laune und völlige Sorglosigkeit allem gegenüber uns immer entzückt hatte. Mit großer Freude sahen wir, daß er lächelte, als er uns hier entdeckte, und auf uns zukam. Nach ein paar Scherzen über die Merkwürdigkeit dieses Treffens in der Provinz luden wir ihn zum Abendessen ein, aber leider war Emilio nicht frei, denn, so erklärte er uns, «ich speise mit Dubois». – «Und wer ist Dubois?» fragte ich. «Dubois arbeitet in der Präfektur. Vor allem erteilt er die Ausreisevisa. Er ist ganz reizend.» Und indem er sich zu mir drehte, fügte er hinzu: «Er ist ein großer Bewunderer Ihrer Bücher, Julien.»

Robert und ich wechselten einen Blick. Ich könnte nicht mehr genau sagen, was während dieses Augenblicks in mir vorging. Vielleicht hätte ich zuvor noch die lange schlaflose Nacht erwähnen sollen, die hinter mir lag, die Anstrengungen, die ich unternommen hatte, um in mein Innerstes zu dringen und Verbindung mit dem aufzunehmen, was in uns an Wahrstem und Bestem vorhanden ist, und schließlich die verzweifelten Rufe, die ich an den Geist gerichtet hatte, der uns immer dann leitet und Rat gibt, wenn wir uns an Ihn wenden. Mir schien, daß ich bisher in meinem ganzen Leben nur Dinge verlangt hatte, die leichtfertig dahingesagt waren, aber dieses Mal war die Bitte meinem Herzen entsprungen. War es möglich, daß sie erhört worden war?

Einen Augenblick später stellte Emilio Terry mir Dubois vor, und ich sprach mit ihm nur über Literatur, denn wir waren immer noch im Grand Café, und ich hielt es für geschickter, ihn nicht sofort in ein Thema zu verwickeln, das unendlich wichtiger war als die Art und Weise, wie ich meine Bücher geschrieben hatte. In den Augen dieses Mannes lag eine Güte, die einen nicht gleichgültig lassen konnte, und ich sah sehr wohl, daß, wenn uns jemand helfen konnte, er diese Person war, und deshalb beschloß ich in meinem Inneren, ihn am nächsten Tag in aller Frühe zu besuchen. Er sprach mit uns in sehr pessimistischem Ton über die Neuigkeiten und sagte voraus, daß die feindliche Besatzung keine Nachsicht haben würde. Schon begann der Exodus über die Grenze nach Spanien, dessen Konsulat in Bordeaux zu jeder Tageszeit von einer Menge belagert wurde, die selbst während der Nacht geduldig vor den Toren ausharrte, aber das spanische Visum war nicht so leicht zu ergattern, da Spanien sich den französischen Flüchtlingen gegenüber sehr mißtrauisch zeigte, wahrscheinlich, weil es sich noch an die Konzentrationslager erinnerte, in denen die Franzosen zur Zeit des Bürgerkrieges die Republikaner zusammengepfercht hatten. Und selbst wenn die Republikaner Gegner Francos waren, waren sie doch in erster Linie Spanier. Um dieses Visum zu erhalten, mußte man beweisen, daß man das Land nur durchqueren würde, und wie anders war das zu beweisen, wenn nicht durch ein portugiesisches Visum? Aber auch hier dieselbe Schwierigkeit. Man mußte auf unwiderlegbare Weise begründen, daß man nicht daran dachte, in Portugal zu bleiben, und amerikanische, brasilianische, haitische oder kanadische Visa wurden unentbehrlich. Als ich diese Worte hörte, kämpfte ich gegen die Verzagtheit, Robert nicht helfen zu können, indem ich mir sagte, daß ich die Schwierigkeiten nicht als Ganzes betrachten dürfe, sondern sie mir eine nach der anderen vornehmen müsse, und Äsops alte Geschichte vom Reisigbündel kam mir wieder in den Sinn.

In der Nacht zum 17. hatte ich Robert geholfen, alle Papiere zu vernichten, die seinem Land oder ihm selbst schaden könnten, falls die Deutschen sich ihrer bemächtigten. Ich saß auf dem Bett und er in einem Sessel mit einer Armlehne, die auseinanderfiel, sobald man sich darauf stützte. Es war schwül. Zwischen uns türmte sich bereits ein riesiger Haufen Papier bis in Kniehöhe. Wir waren zu sehr beschäftigt, um auch nur ein Wort zu wechseln, und in der Stille dieses Alptraumzimmers war lediglich das unvergeßliche Rascheln der Papierbündel zu hören, die wir in kleine Stücke rissen. Ob Robert in Bordeaux blieb oder ob es ihm gelang fortzukommen, diese Unterlagen mußten vor dem Eintreffen der Deutschen vernichtet werden.

Zwei dicke Koffer waren damit angefüllt. Gewisse Papiere erschienen mir so kompromittierend, daß ich Robert vorschlug, sie im Kamin zu verbrennen. Das taten wir auch sogleich. Nach eineinhalb Stunden waren wir schweißgebadet, doch ich betrachtete voller Zufriedenheit, wie der große Haufen Asche in der Feuerstelle rauchte. Anschließend legte ich mich hin und schlief, während Robert weiterarbeitete. Mein *Reisetagebuch* aus der Tschechoslowakei, aus Ungarn und Österreich – all die Jahre seit 1930 –, das er auf meine Bitte hin aus Paris mitgebracht hatte, stieg in Rauch auf, denn er hielt es für ganz besonders gefährlich. Ich war eingeschlafen, den Blick auf dieses Feuer gerichtet, und lag in tiefem Schlummer, während ein ganzer Abschnitt meines Lebens den Flammen ausgeliefert wurde – oft war es der Bericht meiner Leidenschaften. So fielen Gefühle und Erinnerungen diesem Autodafé der Angst zum Opfer.

Am nächsten Morgen begab ich mich zur Präfektur, deren Amtsräume sich in einem stattlichen Herrschaftshaus aus dem 18. Jahrhundert befanden. In anderen Zeiten hätte ich in aller Ruhe die Holzvertäfelungen der Empfangsräume bewundert, die ich durchschritt, um bis in Dubois' Büro zu gelangen, aber meine Gedanken waren ganz und gar mit den Dingen, die ich sagen würde, beschäftigt, und ich gestehe, daß mein Herz heftig schlug. Viele Menschen befanden sich in den Gängen und Wartesälen, viele von Furcht und Schlaflosigkeit gezeichnete Gesichter. Vor der Tür des Innenministers gingen Frauen und Männer auf und ab, in der Erwartung, vorgelassen zu werden, jedoch unfähig, reglos zu warten. Diese Atmosphäre der Unruhe hatte etwas Unerträgliches und Verstörendes an sich, das Geräusch der Schritte auf den Parkettböden ähnelte dem Geflüster von Wellen, und aus dem Stimmengewirr, das von allen Seiten ertönte, waren das Gestammel und die Kopflosigkeit der Angst herauszuhören. Ein Herr mit einer Gesichtsfarbe von grünlichem Gelb und dunkel umrandeten Augen bedrängte die Amtsdiener, um eine Tür gewaltsam aufzustoßen, die sich nach seinem Ermessen nicht schnell genug öffnete. Ein vierschrötiger Kerl in Sonntagsstaat drängte sich zum Minister hinein: Es war Prouvost, jetzt im Propagandaressort (wie man das

Informationsministerium umgetauft hatte, wahrscheinlich um die Lügen unumwundener zuzugeben*), immer noch gleich aufgeblasen und gewöhnlich. Mit einem Wort, man sah alle und jeden vorbeimarschieren. Das machte auf mich einen Eindruck tiefer Traurigkeit. Mir mißfiel dieses neue Erscheinungsbild eines Landes, dessen Courage ich bisher gut gekannt hatte. Ich erinnerte mich an die Stimmung in meiner Jugend, die Kameradschaft in den Argonnen, obwohl das Kanonenfeuer weder in der Nacht noch bei Tag verstummte...

Plötzlich öffnete sich eine Tür, und Dubois trat auf mich zu. Ich hatte Sätze vorbereitet, von denen mir nun kein einziger einfiel. Anstelle der kleinen Rede, die ich noch einen Augenblick vorher im Kopf hatte, kamen Worte über meine Lippen, die mich selbst überraschten, ich sprach ungeschickt, aber voller Wärme, weil ich Robert um jeden Preis zu Hilfe kommen wollte. Dubois warf mir einen Blick zu, den ich nicht vergessen werde. «Das wird schwierig sein», sagte er zu mir. «Die Ausreisevisa werden nicht so einfach vergeben, nicht an Franzosen. Allerdings ...» Ich beschwor ihn, und er lächelte traurig, als er mir sagte, er werde alles unternehmen, was in seiner Macht stünde, und hinzufügte, das würde seine Art sein, mir für meine Bücher zu danken. Dieser letzte Satz berührte mich schmerzlich. Wir sprachen noch einige Minuten miteinander, ich sagte ihm, daß ich noch am selben Nachmittag den Zug nehmen würde, um nach Pau zurückzufahren. Da sah er mich erstaunt an. «Nach Pau? Wissen Sie denn nicht, daß die Züge seit gestern eingestellt worden sind?» In diesem Augenblick hatte ich den seltsamen Eindruck, daß ein komplizierter Mechanismus, ein unsichtbarer Mechanismus, sich in Bewegung setzte und mein Wille nicht mehr zählte.

* Churchill hatte zumindest den Mut zu sagen: «In Kriegszeiten ist die Wahrheit so kostbar, daß man sie mit einem Schutzwall aus Lügen umgeben muß.»

«Nun, dann werde ich telephonieren. Kann ich das von hier aus machen?» fragte ich. «Nein», sagte er. «Das Telephon ist in den Händen der Militärbehörden. Wußten Sie das nicht?» Meine Kehle war wie zugeschnürt und meine Verwirrung so offensichtlich, daß Dubois sagte: «Warum gehen Sie nicht fort? Es wird immer schlimmer. Sie sind Amerikaner, Sie sind frei, reisen Sie doch ab.» Ich erzählte ihm von meiner Schwester, die in Pau auf mich wartete. «Sie soll auch weggehen. Sie soll nach Portugal gehen. Hat Sie einen Wagen?» – «Sie ist mit Amerikanern zusammen, die einen haben.» – «Sie sollen Frankreich verlassen, solange es möglich ist. Später garantiere ich für nichts.» Ich ging hinaus und lief zur Post, von wo ich meiner Schwester und den Caumartins ein neuerliches Telegramm schickte, in dem ich ihnen schrieb, sie sollten sofort nach Lissabon aufbrechen.

Jetzt überfiel auch mich die allseits spürbare Angst. Ich wollte handeln und zwar so schnell wie möglich. Robert, den ich in seinem Zimmer antraf, erschien mir mutloser als sonst. Eine allzu schwere Müdigkeit lastete auf ihm, und ohne mich würde ihm vielleicht die notwendige Energie fehlen, um sich zu retten, denn zum gegebenen Zeitpunkt handelte es sich um nichts anderes mehr, er jedoch beharrte darauf, nur mit den offiziellen Genehmigungen ausreisen zu wollen; es war nun genau die Stunde, die Minute gekommen, in der die Regierungsstellen im Durcheinander der letzten Tage ihres Bestehens begannen, jenen Leuten Passierscheine auszustellen, die eindringlich genug danach verlangten, denn die Zeit drängte bereits. Schon zeichnete sich ein Gefühl der Feindseligkeit gegenüber den Reichen oder Begünstigteren ab, die über ausreichende Mittel verfügten, um zu fliehen, während so viele Beamte dazu verurteilt waren, dem Einmarsch die Stirn zu bieten, und wahrscheinlich im Begriff standen, sich damit abzufinden.

Am Nachmittag kehrte ich in die Präfektur zurück, dieses Mal mit Robert. Dubois nahm uns die Reisepässe aus den Händen, übergab sie einem Soldaten, dann plauderten wir ein paar Minuten mit Giraudoux und Marc Allégret. Dieser versuchte vergebens, Gide davon zu überzeugen, nach England zu fahren. Er zeigte mir das Telegramm, das er soeben als Antwort auf sein eigenes erhalten hatte. «Ich bleibe und ich bleibe und ich bleibe.» Der Starrsinn des guten alten Mannes rührte mich, ich sandte ihm eine Freundschaftsbotschaft in die Provence, wo er Zuflucht gesucht hatte. Die Unterhaltung ging in alle Richtungen, so als lebten wir immer noch in einer unveränderlichen Welt, Giraudoux war sich selbst treu, lächelnd und voller Andeutungen, nebulös-unverständlich; ich täuschte – ziemlich schlecht, glaube ich – völlige Gelassenheit vor und zwang mich zu Scherzen, aber mein Herz schlug so heftig, daß ich mich auf einen Stuhl stützen mußte.

Nach ungefähr zehn Minuten kam der Soldat zurück und sagte Dubois etwas ins Ohr, während er ihm Roberts Paß zeigte. Dubois zog die Brauen hoch, dann brach er in Lachen aus und drehte sich zu uns: «Mit Julien Greens Reisepaß gibt es kein Problem, bei einem Amerikaner geht das ganz glatt, aber bei Roberts Paß wissen sie nicht, wo sie das Visum hintun sollen, da ist kein Platz mehr. Er müßte das zuerst mit den Spaniern klären!» Das war eine elegante Art, sich eines Problems zu entledigen.

Ich schreibe in meiner Kabine, an Bord der *Excambion*. Das Meer schimmert wie Glas, die Sonne verschlingt seine Farbe, auf dem Deck vor meiner Tür höre ich ruhige Schritte, und der Bericht über diese letzten Wochen erscheint mir jetzt unwirklich.

Neben der psychologischen Seite der Dramen, denen ich beiwohnen durfte, hatten die Ereignisse selbst weniger Bedeutung, waren weniger bestimmend als die Gedanken, von denen die Menge und selbst die ausgeglichensten Menschen aufgewühlt wurden. Die Angst trieb Leute an Grenzen, die von nichts bedroht wurden. Ein breiter Strom bildete sich, gegen den man allem Anschein nach nicht ankam, und es war bereits schwierig, fest in seiner Mitte zu verharren. Manche versuchten, standhaft zu sein und sich nicht von der Stelle zu rühren, während um sie herum alles floh, aber sie waren nicht sehr zahlreich, ja es waren so wenige, daß ihr Beispiel fruchtlos blieb, und die Gründe, die sie für ihr Verweilen anführten, schienen nicht auszureichen. Der Zerfall der Regierung beschleunigte sich, als hätte bisher eine Galvanoplastik den Zusammenbruch dieses Herrn Waldemar* einer ganz neuen Gattung verhindert. Minister setzten sich nach Marseille ab, und von denjenigen, die blieben, hielt sich jeder einzelne für den Staat selbst.

Am Abend dieses selben Tages führten wir ein letztes Gespräch mit Dubois im Grand Café de Bordeaux. Er riet Robert, seine Reise aufzuschieben, «da die Regierung», wie er sagte, «die Auswanderung aller Franzosen, die sich bedroht fühlen, vorgesehen hat und diese zum geeigneten Zeitpunkt auch erleichtern wird». Darüber hinaus hatte ebendiese Regierung selbst die Absicht, Bordeaux und vielleicht sogar Frankreich zu verlassen. Wenn man mit ihr oder zur selben Zeit wie sie aufbräche, wäre das eine viel stärkere Garantie für die eigene Sicherheit, führte er an, während man im gegenwärtigen Augenblick nie genau wissen könne, was an der Grenze geschehen würde. Er selbst habe beschlossen, in Frankreich zu bleiben, «um die armen Kerle nicht im Stich zu lassen, die der Verwaltung vertrauen». Aber wen würde er verteidigen können, wenn die Deutschen einmal da wären? «Werden Sie nicht vielmehr ein Opfer sein?» fragte ich ihn. «Nun ja», meinte er voller Herzlichkeit, «Opfer sind eben notwendig.» Ich sagte ihm

* Anspielung auf E. A. Poes Erzählung «Der Fall Waldemar» (A. d. Ü.).

keineswegs, was ich über diesen Satz dachte, der ebenso sinnentleert war, wie er edelmütig zu sein schien. Ein wenig später kam er auf dasselbe Thema zurück: «Frankreich benötigt Führungspersönlichkeiten», sagte er, «um den Staat aufrechtzuerhalten.» Als ob Deutschland nicht bereit wäre, das Land mit seinen eigenen Männern unter Kuratel zu stellen. Ich fragte mich, was notwendig wäre, um ihm die Augen zu öffnen.

In ebendiesem Grand Café de Bordeaux, aus dem zu jeder Tageszeit das dröhnende Summen eines Bienenstockes aufstieg und in dem man sich die meiste Zeit unerschütterlich amüsierte, selbst wenn man einander Angst einjagte, verlor man sich in Mutmaßungen über die genaue Position der deutschen Truppen. Die Zeitungen verbreiteten nur vage Nachrichten, und ihre Knappheit trug zum allgemeinen Unbehagen bei. Es ist immer unangenehm, wenn man spürt, daß einem etwas verheimlicht wird, und wenn dieses Etwas der Vormarsch der feindlichen Armeen ist, läßt die Panik nicht lange auf sich warten. Viele erwarteten die ersten Panzer der motorisierten Divisionen in wenigen Stunden auf der Place de la Comédie, als hätten sie es so eilig, Hitlers Armee zu sehen, daß sie diese gleich ein paar Etappen überspringen ließen. Diese Bedrohung verlieh unserer Lage eine Größe, von der man nur sehr schwer eine klare Vorstellung geben kann. Man hatte das Gefühl, sich plötzlich mitten in einer griechischen Tragödie zu befinden, deren unsichtbarer, aber allgegenwärtiger Hauptdarsteller das Schicksal war. Deutschland war diese schreckliche Rolle zugefallen. Eine triumphale Sonne in einem wolkenlosen Himmel schien unsere Traurigkeit zu verhöhnen. Im Café und auf den Straßen sprachen die Pariser einander mit immer den gleichen Worten der Verzweiflung und Resignation an, die sich mit ihrer üblichen Leichtfertigkeit paarte. Die meisten von ihnen sorgten sich nur um die Art und Weise, wie sie das Land verlassen würden.

In den Konsulaten Portugals und Spaniens warteten die Leute bis auf die Straße hinaus, manchmal stundenlang. Dieses lange, oft nutzlose Herumstehen entmutigte viele Menschen. Sie warteten ein Viertelstündchen, dann überließen sie niedergeschlagen ihre Plätze anderen und gingen weg. Ich für meinen Teil, so seltsam das auch klingen mag, fragte mich, ob es nach menschlichem Ermessen überhaupt möglich sei, diese Visa zu ergattern. Ein einziger spanischer Beamter, den seine Macht über eine noch elegante Menge sichtlich befriedigte, ließ diese voller Genugtuung warten und konnte die ganze Abstempelei gar nicht bewältigen. Angesichts der fiebrigen Trägheit, die sogar Robert erfaßte, beschloß ich, daß wir um jeden Preis aus der Falle, die diese Stadt darstellte, fortmußten, aber da die Frage seines Visums nach wie vor unentschieden war, drängte ich ihn zu handeln, ohne auf eine andere Stimme als die meine zu hören. Schließlich machte er sich daran, koste es, was es wolle, in der spanischen Botschaft auszuharren, und mußte stundenlanges Warten über sich ergehen lassen, bis endlich die glückverheißenden Siegel in seinem Paß angebracht wurden. An diesem Abend konnten wir ein wenig freier atmen: die Tür tat sich einen Spaltbreit auf, und man brauchte sie nur noch ganz aufzustoßen, um hinauszugehen. Ihm fehlte noch die Zauberformel, die ihm den französischen Grenzposten öffnen würde.

Noch einmal im Grand Café de Bordeaux, aus dem ein snobistisches Café du Commerce geworden ist; die tollsten Gerüchte werden einem zugeraunt, verbreiten sich, schwellen an und platzen wie Seifenblasen innerhalb von ein oder zwei Stunden. Man erfährt alles und nichts. Kleine Kreise bilden sich aufs neue, Feindseligkeiten treten verstohlen zutage, und an der Art und Weise, wie man einander begrüßt, wird klar, daß man bestimmte Personen lieber anderswohin wünschen würde, zum Teufel, ans Ende von ich weiß nicht was, ich wage nicht, genauere Angaben zu machen. Minister der zweiten Garnitur halten hof, in Frankreich versteht man, sich in großen Worten darüber zu ergehen, was man *selbst* getan hätte, was man gesagt hat, was jetzt unternommen werden sollte, wie rasende Wahrsagerinnen. Allgemeine Nutzlosigkeit auf der ganzen Linie ... Saint-Exupéry lauscht, mit der Miene eines beleidigten Katers, einem wie gewöhnlich überschwenglichen Maurice Sachs, der mir in einer durchdringenden Duftwolke edelsten Weines erklärt, daß ich als Amerikaner sofort an Roosevelt telegraphieren müsse, damit dieser unverzüglich Schiffe und Flugzeuge losschicke. Um ihn herum wird zustimmend genickt, so als wäre ich auf einmal ganz Amerika geworden. *Fliehen, dorthin fliehen* wird zu einem abgedroschenen Schlager, gesungen in allen Tonlagen: Angst, Neid, Lebensgier. Unaufhörlich wird mir zugeworfen: «Sie als Amerikaner.» Madame Simone flüstert mit einer verschwörerischen Stimme, die bis in den Olymp hinauf zu hören sein muß: «Und wenn wir unsere lausigen Heller Julien Green geben würden, er kann sich auf und davon machen, wie es ihm paßt!»

Paris soll als offene Stadt so lange unter dem Schutz des amerikanischen Botschafters stehen, bis die Besatzung Quartier bezogen hat. Nicht in seinem Amtssitz soll er dem Bombeneinschlag entronnen sein, sondern im Luftfahrtministerium, wo er Laurent-Eynac besucht hatte, den Nachfolger seines Freundes Guy La Chambre. Da die Bombe ein angrenzendes Büro getroffen hatte, trug der Minister, wie es scheint, Schürfwunden von herabstürzenden Gipsbrocken davon und erregte am nächsten Tag, mit einem Arm in der Binde, größtes Aufsehen im Parlament ... All dieses Geschwätz ergötzt die Leute, denn Bordeaux ist eine Theaterbühne und Paris die verschwommene Erinnerung aus einem früheren Leben, an das man sich aus Gewohnheit festklammert – nur die Gegenwart zählt. Eine Neuigkeit jagt die andere, man könnte meinen, diese ganze reizende Gesellschaft gelüste es danach, ihren Durst am Schlimmsten zu stillen … dem Schlimmsten für den Nachbarn.

Nach und nach erfahre ich aus den Gesprächen um mich herum, daß die Bombardierung von Paris Todesopfer gefordert hatte. Sechshundert Tote und Verletzte, die Citroën-Werke ziemlich schwer getroffen, Amtsgebäude beschädigt, darunter das Luftfahrtministerium. Dieser Name, der das Unendliche, von dem jeder Mensch einen Teil in sich trägt, in Träume hätte versetzen sollen (ich denke an Clemson, den Vogelmenschen, der vor den Augen der Menge auf der Rennstrecke von Vincennes abgestürzt war), verbarg in Wirklichkeit nur Unfähige. Für die Vergeltungsschläge gegen Berlin waren schlecht ausgerüstete Flugzeuge losgeschickt worden, und sie mußten ihre Bomben über Feldern abwerfen, denn Gewicht und Entfernung hätten sonst zu einer unvermeidlichen Landung beim Gegner geführt. Was für ein Irrsinn dieser Krieg, wie jeder Krieg, in diesem Punkt habe ich niemals geschwankt, aber dieser Krieg wird von Verrückten und Waschlappen geführt. Ich meine die Franzosen. Auf deutscher Seite dagegen handelt es sich um einen ernsthaften Wahnsinn, an dessen Spitze ein hysterischer Chef steht.

Kurz vor dem Abendessen sah ich André David noch einmal, dessen Zustand mir das Herz zusammenschnürte. Er blieb sitzen, mit herunterhängendem Kopf, und fragte mich, ob mir kein Weg bekannt sei, auf dem er das Land verlassen könne. Leider erlaubte es ihm seine Lage nicht, über Spanien auszureisen, denn die spanische Grenze blieb ihm aufgrund einer politischen Vergangenheit, über die ich auf diesen Seiten kein Wort verlieren möchte, versperrt, aber es war nicht ausgeschlossen, daß man ihm erlauben würde, mit den Überresten der belgischen Regierung nach England auszureisen, denn in allen Ecken gab es noch, was ich Bruchstücke von alliierten Regierungen nennen würde, und ich drängte ihn, diese Gelegenheit zu nutzen. Ich versuchte, so gut ich konnte, ihm wieder Mut einzuflößen, ich riet ihm, wie schon so oft vorher, in einem Kloster Zuflucht zu suchen, genau wie wir es vor sieben oder acht Jahrhunderten zur Zeit der Völkerwanderung getan hätten. Und dann fiel mir ein, er könne doch seinen guten Freund Charles Boyer in Amerika anrufen, und mit einem Schlage schöpfte er wieder Hoffnung.

Die Nervosität verschärfte sich mittlerweile unter jenen Personen, die der Regierung mehr oder weniger nahestanden, und diese Nervosität ergriff auch von der Straße Besitz. Auf die Bitte um Waffenstillstand antworteten die Deutschen nicht sofort, oder antworteten besser gesagt damit, daß sie soviel Land wie möglich besetzten. Ihre Absicht, bis nach Bordeaux vorzustoßen, wurde immer deutlicher, und man wunderte sich, daß sie nicht bereits in den Vororten der Stadt zu sehen waren.

Seit einigen Tagen nahm die Zahl der Autos, die in Richtung der spanischen Grenze fuhren, so stark zu und wurde die Verkehrsüberlastung so bedenklich, daß die Behörden es für angebracht hielten, Maßnahmen zu treffen: Ab dem Neunzehnten sollte es verboten sein, ohne eine vom Präfekten ausgestellte Sondergenehmigung durch das Departement Gironde zu fahren. Unverzüglich begab ich mich zu Dubois; er versprach, mir diese berüchtigte Genehmigung noch am selben Abend um sechs Uhr zu geben. Ich hütete mich wohlweislich, zu diesem Termin mit Verspätung zu erscheinen, aber Dubois hatte, wie er erklärte, keine Gelegenheit gehabt, sich um diese Genehmigung für Robert zu kümmern, und leider war es nun zu spät, um an diesem Tag noch eine zu erhalten. Er unterrichtete mich auch davon, daß die Regierung am nächsten Tag Bordeaux verlassen würde, die Richtung sei vorläufig noch unbekannt, doch es wurde etwas von Algier gemunkelt.

Wieder im Hotel, bat ich Robert, seinerseits alles zu versuchen, um sich noch am selben Abend dieses unentbehrliche Dokument zu beschaffen, denn mir war der mit einem Schlag immer einleuchtendere Verdacht gekommen, Dubois trachte danach, uns noch ein paar Tage länger in Frankreich zurückzuhalten. Warum? Ich weiß es nicht, aber die Motive der Menschen sind oft unergründlich. Glaubte er wirklich, die erleichterten Formalitäten würden allen erlauben, in wenigen Tagen ungehindert auszureisen? Das war ein Gedanke, auf den er beharrlich zurückkam. Das Geschehen sollte beweisen, wie sehr er sich täuschte. Robert und ich witterten die Gefahr, der wir uns aussetzten, wenn wir weiterhin auf ihn hörten, denn lange Schlangen von Autos, die mit Gepäckstücken überladen waren, verstopften kilometerweise sämtliche Straßen, die von Bordeaux aus nach Süden führten.

Gegen acht Uhr an diesem Abend hatte Robert die Genehmigung sowie einen Dienstauftrag für einige Tage in Spanien. Da die Regierungsverordnung erst am Neunzehnten um Mitternacht in Kraft treten sollte und es der frühe Abend des Achtzehnten war, hätten wir, wenn wir noch in derselben Nacht losgefahren wären, gewiß die Möglichkeit gehabt, das Departement ohne Genehmigung zu verlassen, allerdings unter der Bedingung, daß wir uns sicher waren, die Grenzen der Gironde vor Mitternacht des nächsten Tages zu erreichen; aber die Straßen hatten noch nie einen solchen Ansturm von Autos erlebt, die jedes Weiterkommen vereitelten, und wir hielten es für ratsamer, uns mit der Genehmigung in der Tasche auf den Weg zu machen. Die Überlastung der Straßen konnte uns über die schicksalhafte Stunde hinaus aufhalten; an der Grenze zum Departement Landes waren Militärsperren errichtet worden, die den Verkehr zusätzlich verlangsamten, während sie darauf warteten, die Wagen anzuhalten und sie schlicht und einfach zurückzuschicken.

Die Tatsache, daß Robert diese Genehmigung erhalten hatte, die Dubois mir zunächst unter dem Vorwand, es sei zu spät, verweigert hatte, bestätigte mich in der Überzeugung, man versuche auf ungeschickte Weise, uns aufzuhalten; der Augenblick war gekommen, die Gelegenheit kühn am Schopfe zu packen und aus einem geschlagenen Land zu entfliehen, denn nun konnte man bereits ahnen, wie weit dieser Zerfall gehen würde. Ein völlig irres Gespräch mit Maurice Sachs, dem ich am Nachmittag gleich zweimal auf der Straße begegnet war, zeigte mir deutlich, daß die Verhältnisse die verrücktesten Vorstellungen freisetzten und unbewußt jeder nur mehr daran dachte, wie er seine Haut retten könne. Die Regierung nahm Reißaus. Ein Schiff, die *Massilia*, wartete auf die Minister und Parlamentarier, die es vorzogen, das Mittelmeer zwischen sich und die Rechenschaften zu schieben, die sie abzulegen hätten. Ihnen folgten Offiziere, und schon drängte sich Pétain in den Vordergrund, ein unheilvoller Mensch, den sein hohes Alter vor Ambitionen hätte schützen müssen, doch die Ambition eines Greises ist am meisten zu fürchten, denn sie ersetzt die anderen Laster. Das Besondere an der Machtgier ist, daß nichts sie stillt und daß diese abstrakte Gier sich auch an materiellen Werten gütlich tut. Die Ambition einiger weniger, die Trägheit Tausender anderer – das fand die deutsche Armee auf ihrem Wege vor. Manche warfen einander die Worte Dantons an den Kopf: «Die Heimat trägt man nicht an seinen Schuhsohlen mit sich fort.» So bereiteten sich die einen auf jegliche Willfährigkeiten vor, während andere davon sprachen, den Kampf in Nordafrika weiterzuführen. Die Geschichte mit ihren Geheimnissen und ihren Erschütterungen dient denen als kollektive Einbildungskraft, die keine anderen Perspektiven haben als die Banalitäten ihres alltäglichen Lebens, während einige andere in diesem Augenblick aus dem Sumpf der Niederlage das verführerische Spielzeug der Macht an sich reißen, ihre einzige Chance zu regieren. Robert, der offiziell kein Amt mehr bekleidet, berichtet mir über die Streitereien in der Regierung.

Politiker und Militärs, diese ganze feine Gesellschaft ist außer Rand und Band, und diese ganze Angelegenheit ist viel zu widerlich, als daß ich sie hier festhalten möchte. Seit Ende des vergangenen Jahres lag der Defätismus in der Luft, gewann Tag für Tag an Boden. Jetzt geht das Land unter. Die Parlamentarier werden unruhig, alles ist auf der Flucht, und zwar in erster Linie vor der eigenen Verantwortung. Ich sehe eigentlich nur Georges Mandel, der alldem die Stirn bietet. Er verkündet lauthals, daß er die Niederlage nicht hinnimmt, und bringt in uns die Saite einer geheimen Hoffnung zum Schwingen.

Wir mußten uns früh auf den Weg machen, gleich um fünf Uhr, wenn dieser Belagerungswahn sich ein wenig legte, um vor dem Gros der Flüchtlinge die Grenze zu erreichen, jetzt, wo eine Verordnung die Leute an Ort und Stelle festhielt. So aßen wir doch etwas erleichterter zu Abend.

Nachdem das Telegramm, das ich meiner Schwester geschickt hatte, ohne Antwort geblieben war, vermutete ich, daß sie im Wagen ihrer Freunde nach Spanien unterwegs war, deshalb ängstigte ich mich auch nicht sonderlich um sie und ging beruhigt schlafen. Kaum hatten wir die Augen geschlossen, da rissen uns auch schon die Sirenen wieder aus dem Bett. Kurz darauf veranlaßte uns das Heulen der Bomben, wieder in unsere Kleider zu schlüpfen und in den Keller hinunterzusteigen, wo wir ungefähr zwanzig bestürzte Personen antrafen, die scheinbar mit ihrem ganzen Hab und Gut aufgewacht waren, denn sie waren mit Taschen und Köfferchen überladen. Dieser bewundernswert ausgestattete Keller war durch kräftige Gewölbe geschützt, und wir blieben eine knappe Stunde hier unten und lauschten dem dumpfen Donnern der Explosionen. Interessiert betrachtete ich die Etiketten der Flaschen, deren Namen allein mich bereits an die Weinberge und die Sanftheit des Lichtes über den Rebstöcken erinnerten: Haut-Brion, Château-Lafite, Saint-Julien, und ich weiß noch, daß ich beim Lesen der Jahrgänge nicht umhinkonnte, mir zu sagen: «In diesem Jahr erschien mein erster Roman… Ich war glücklich… In jenem Jahr machten wir unsere erste Reise nach Deutschland, auf der wir so viel Spaß hatten usw.…» Es war beinahe zwei Uhr morgens, als wir uns wieder ins Bett legten, doch der Gedanke an den Tag, der uns erwartete, hinderte mich wie in der Nacht zuvor daran, in einen tiefen Schlaf zu fallen.

Um fünf Uhr waren wir reisefertig. In diesem Augenblick hatte ich einen Anfall von Pessimismus. Mich überkam wirklich das Gefühl, wir würden diese spanische Grenze, an die alle seit drei Tagen dachten, nie erreichen. Wahrscheinlich stand ich unter dem Einfluß dessen, was Dubois uns am Vortag gesagt hatte.

Diesmal war es Robert, der mich ein wenig aufrüttelte, und zwanzig Minuten waren noch nicht verstrichen, als wir bereits im Wagen saßen und in Richtung Bayonne rollten. Die frische Luft, die Geschwindigkeit, mit der wir dahinfuhren, ließen mich meine gewohnte Form wiederfinden. Ich hielt die bösen Ahnungen von vorher für absurd, wahrscheinlich hatte sie die schaurige Kulisse des kleinen Zimmers in diesem zwielichtigen Hotel aufkommen lassen, aber ich war trotzdem recht schweigsam. Auch Robert sagte kein Wort, und übrigens ging es in so schnellem Tempo dahin, daß unsere Stimmen vom Dröhnen des Wagens überdeckt worden wären. Die Straße war beinahe leer, denn die Verordnung hatte die Menschen genausosehr, wenn nicht sogar noch stärker entmutigt, als es die tröpfchenweise Öffnung der spanischen Grenze getan hatte.

In Baltimore. Jetzt, da der Ozean überquert ist und ich nicht mehr um das Schicksal eines Menschen zittern muß, der mir unendlich viel bedeutet, fällt es mir leichter, diesen Bericht fortzusetzen und sogar ein wenig mehr bei Einzelheiten zu verweilen, als ich es bisher getan habe. Ohne Niedergeschlagenheit kann ich nun diese tragischen Stunden wieder an mir vorbeiziehen lassen, die das Wohlbehagen der augenblicklichen Wirklichkeit aus meinem Gedächtnis zu streichen trachtet.

Wir fuhren also auf Bayonne zu, so schnell, daß wir nicht einmal daran dachten, miteinander zu sprechen. Mir war eng ums Herz, aber zugleich empfand ich eine Erleichterung, die daher kommt, daß man sich vom *Unausweichlichen* mitgerissen fühlt. Bis hierher stand es uns offen, in Frankreich zu bleiben, und freilich konnten wir es immer noch, aber ich spürte sehr wohl, daß wir uns in ein Abenteuer gestürzt hatten, das wir bis ans Ende mitmachen mußten, und nach dem Beschluß, Bordeaux zu verlassen, wurden wir von etwas Unwiderstehlichem auf die Grenze und, nach der Grenze, auf das Unbekannte zugetrieben. Wir mußten das ganze Leben von vorne beginnen. Ich fühlte mich leichter um all die Dinge, die ich zurückließ, Wohnung, Bilder, Bücher. Man legt sein Glück nicht in Möbel und Kochtöpfe!

Kurz vor Bayonne versetzte mich eine Begegnung in Unruhe, ein schlechtes Vorzeichen, dachte ich, zumindest ließ mich die Angst das in diesem ganz und gar banalen Vorfall sehen. Gendarmen hielten uns an, um unsere Fahrerlaubnis zu überprüfen. Mehrere Autos warteten mitten auf der Straße, sowohl in der einen wie auch in der anderen Richtung, und wir standen in unmittelbarer Nähe eines Autos, das nach Bordeaux fuhr. Jemand beugte sich aus dem Wagen und begrüßte Robert. Es war einer seiner Arbeitskollegen, der ihn fragte, ob er nach Bayonne fahre. Robert bejahte. «Und dann kehren Sie nach Bordeaux zurück?» – «Ja.» Die darauf folgende Unterhaltung war von keinerlei Bedeutung. Robert wurde gefragt, ob er etwas Neues wisse, und er verneinte. Gleich darauf überprüfte der Gendarm unsere Erlaubnis, und wir konnten unsere Reise fortsetzen, doch in Gedanken rechnete ich aus, wie lange Roberts Kollege brauchen würde, um nach Bordeaux zurückzufahren und die Neuigkeit zu verbreiten, daß er uns unterwegs gesehen habe. Würde man etwas unternehmen, um uns am Verlassen des Landes zu hindern? Bei mir war das unmöglich, aber bei Robert? Seine Papiere waren zwar in Ordnung, doch in den Amtsstuben herrschten unvorstellbare Bosheit und Neid, und ich befürchtete, daß jene, die sich zum Bleiben gezwungen sahen, alles nur Erdenkliche versuchten, um auch die anderen zum Bleiben zu zwingen. Ich stellte mir vor, wie von Bordeaux aus der Grenzposten angerufen wurde, aber ich schwieg, denn ich wollte den Sorgen meines Gefährten nicht auch noch meine eigenen hinzufügen. Später sollte er mir erzählen, wie er eigenmächtig die Erlaubnis selbst abgestempelt hatte, die uns auf diese Straße schleuderte, indem er das verlassene Büro des Ministers betreten und dazu seinen bereits unterzeichneten Dienstauftrag benutzt hatte, dem nur mehr der Stempel fehlte.

In Bayonne hielten wir in einem Café an, gerade so lange, wie wir brauchten, um ein Glas von einem widerlichen Gebräu zu trinken, das uns unter dem Namen «Mokka» serviert wurde. Ich versuchte, ganz natürlich zu sprechen und auch zu scherzen, gab es aber angesichts des geringen Erfolges meiner Bemühungen bald wieder auf, denn mir blieb die Stimme in der Kehle stecken, meine Gedanken kehrten nämlich beständig in die Stadt zurück, die wir eben erst verlassen hatten und die sich um diese Stunde anschickte, zu erwachen und zu plaudern. Es war kurz nach acht Uhr, als wir Bayonne verließen. Das Wetter verschlechterte sich, schon setzte jener unglaubliche Sturm ein, der während vier oder fünf Tagen den Boden Frankreichs peitschte und auf so dramatische Art das allgemeine Durcheinander noch steigerte. Wir fuhren durch Biarritz, dann durch Guéthary, ohne mehr als zehn oder zwölf Wagen zu überholen, die zum Großteil aus Belgien kamen und fast alle eine oder mehrere mit Stricken auf dem Dach befestigte Matratzen hatten, was viel über das heikle Problem der Unterbringung aussagte. Hinter Saint-Jean-de-Luz spürte ich, wie in mir eine schreckliche Vorahnung immer stärker wurde, gegen die mein Verstand nicht ankam: Robert könne die Grenze nicht überschreiten, denn man würde ihn zwingen, nach Bordeaux zurückzukehren.

Als wir Socoa erreichten, hielten Gendarmen uns an, verlangten unsere Pässe, die sie mit einer quälenden Langsamkeit genauestens prüften. Ich zitterte nicht um meinen, sondern um den anderen, denn ich wußte, das Kommen und Gehen der Franzosen wurde in Grenznähe immer strenger überwacht, und befürchtete, daß gegen die Reise Roberts irgendein Einwand erhoben werden könnte, aber diese Angst war schließlich unbegründet, und wir bekamen unsere Pässe zurück. An den Stellen, wo kontrolliert wurde, versperrten dicke Baumstämme zur Hälfte die Straße. In der geistigen Verwirrung, in der ich mich zu diesem Zeitpunkt befand, war ich so naiv zu glauben, diese Kontrolle sei die letzte gewesen und wir könnten nach dem Gendarmerieposten ungehindert bis nach Spanien fahren, deshalb erkannte ich dann auch mit einer Art Verzweiflung meinen Irrtum, als ein Schild uns darauf hinwies, daß sich die Grenze noch in einer Entfernung von über zwölf Kilometern befinde. Ein bißchen weiter: neue Kontrolle und neue Aufregung. Umsonst. Wir dachten, nur mehr ein oder zwei Kilometer vor der Grenze zu sein, als ich zu Robert sagte, es sei mir lieber, nicht mit ihm hinüberzufahren, sondern ihn allein zu lassen und erst in Spanien wieder zu ihm zu stoßen. Den Weg, den wir noch in Frankreich zurückzulegen hatten, wollte ich zu Fuß gehen. Erklären kann ich diese Geste, die gewiß sonderbar erscheinen mag, allein durch einen geheimen Gedanken in mir, den ich nicht leichten Herzens preisgebe, denn er ist sentimental: Ich wollte ein letztes Mal den geliebten Boden unter meinen Füßen spüren und auf einer französischen Straße dahinspazieren.

Ich hatte Unterlagen bei mir, die in normalen Zeiten für jemanden, der sie gefunden hätte, nur von geringem Nutzen gewesen wären, die mir jedoch unter den neuen Verhältnissen zahllose Unannehmlichkeiten verursachen konnten, wie etwa das Tagebuch dieser letzten Monate, das ich bei mir behalten hatte. Diese Unterlagen zerriß ich mit leicht zitternder Hand in kleine Stücke, um sie in den Graben entlang der Straße zu werfen. Einige Sekunden lang betrachtete ich sie mit einer Mischung aus Grausen und Bedauern, denn sie waren unersetzlich. Danach begann ich, unter den Bäumen dahinzumarschieren und dem Geräusch zu lauschen, das Roberts Wagen in der Ferne machte. Es waren praktisch keine anderen Autos auf der Straße. Ich ging also mit gleichmäßigem Schritt voran, hin und her gerissen zwischen dem Verlangen, die Grenze so schnell wie möglich zu erreichen, und jenem anderen, umzukehren ins Land meiner Kindheit.

Ich fühlte sehr wohl, daß etwas in mir für immer zerbrach und daß mir wegen dieser entscheidenden Stunde, die mich von so vielem trennte, der Tod leichter fallen und ich mich daran erinnern würde, wenn er meinen Weg kreuzen sollte. Es regnete ziemlich stark, weit entfernt hörte ich das, was Proust das Gurren des Donners nennt. In der Hand hatte ich einen Umhängebeutel, der ein paar Unterlagen enthielt, jene, die ich bei mir behalten konnte, und in meiner Westentasche mein ganzes Vermögen in Banknoten.

Die Bäume entlang der Straße waren sehr hoch und sehr schlank, der Regen in ihren Blättern machte ein Geräusch wie Vogelfüßchen auf einem Dach. In der Ferne tauchte der Blick in ein nebelverhangenes Tal. Ich versuchte, dieses letzte Bild von Frankreich in meinem Herzen für immer festzuhalten, dabei wurde ich den Gedanken nicht los, daß ich auf dieser Straße, auf der ich so allein dahinschritt, den Soldaten der deutschen Armee nur einige Tage voraus war.

Als ich die Ortschaft Béhobie erreichte, wurde ich von Gendarmen angehalten, in deren Augen ein Reisender zu Fuß sicher verdächtig war. Sie hielten mich für einen Landstreicher, obwohl ich ausgesprochen gut gekleidet war, und brachten mich zur Gendarmerie, wo sie mich durchsuchten. Wie schon gesagt, trug ich das gesamte Bargeld bei mir, das ich vor meiner Abreise wohlweislich auf meiner Pariser Bank abgehoben hatte. Sie beschuldigten mich, dieses Geld in irgendeinem verlassenen Haus der überfallenen Regionen entwendet zu haben. Ich antwortete ihnen, es wäre das Geld, das ich als Schriftsteller in diesem Jahr mit meinen Büchern verdient hätte. Nun fanden sie aber in meinem Umhängebeutel außer dem Baudelaire, von dem ich mich nie trennte, zwei Werke mit Titeln, die sich vorzüglich dazu eigneten, ihren Argwohn zu verstärken: *Itinéraire* und *Identification.* Sie kamen nicht auf die Idee weiterzuforschen, das alles roch nach Spionage. Hätten sie die inneren Titelseiten aufgeschlagen, so hätten sie diese zu Ende lesen können: *Itinéraire vers la vie intérieure* und *Identification de l'âme à Dieu.* Ich hatte jedoch genügend Papiere bei mir, um meine Identität unwiderlegbar zu beweisen, und zwang sie, um sie endgültig zu überzeugen, in Bordeaux bei einer großen Buchhandlung anzurufen. Das taten sie auch. Die Antwort muß mehr als zufriedenstellend gewesen sein, denn die Unterhaltung nahm eine vertraulichere Wendung. Doch ein Gendarmerieoffizier, der unter meinen anderen Papieren auch mein Soldbuch durchsah, jenes aus dem anderen Krieg, als ich mich nach meinen ersten zwei Anwerbungen beim American Field Service und dem amerikanischen Roten Kreuz als Freiwilliger zur Legion gemeldet hatte, sagte ohne jede Rücksichtnahme zu mir, ich hätte doch wohl nur sehr kurze Zeit gedient; nachdem ich mich im August 1918 zum dritten Mal freiwillig gemeldet hatte, war ich in der Tat kurz darauf entlassen worden. Ich machte ihn also mit meiner englischen Ironie darauf aufmerksam, daß ich damals noch nicht einmal achtzehn gewesen sei und mich andererseits dem Dienst ganz und gar hätte entziehen können, da ich kein Franzose bin, daß ich schon mit sechzehneinhalb Jahren gedient hätte; ich fügte hinzu, daß nur sehr wenige Franzosen in diesem Alter freiwillig in den Krieg gezogen seien, wenn es überhaupt ein einziger getan habe, und daß ich an der Front in der Nähe von Verdun gewesen sei, bei den Vorposten der Sanitätstruppe. Dort hätten wir Order gehabt, nicht laut miteinander zu sprechen, da der Feind in Hörweite war. Der Mann schämte sich, denn auch er schlug fast augenblicklich einen anderen Tonfall an. Er teilte mir jedoch mit, daß ich aufgrund eines erst kürzlich erlassenen Gesetzes nicht das Recht hätte, mehr als fünfundzwanzigtausend Franc außer Landes zu bringen, und ich beschloß unverzüglich, mein überzähliges Geld bei einer Bank zu hinterlegen, denn ich hatte keine andere Wahl, ich konnte es entweder auf der Straße ausstreuen oder es zur Bank bringen. Man kann sich leicht vorstellen, wie froh ich darüber war, die vorhin erwähnten Papiere rechtzeitig zerrissen zu haben, denn ich besaß keine Tasche, in der diese Leute nicht mit ihren grobschlächtigen Händen herumwühlten, und ich weiß wirklich nicht, was geschehen wäre, wenn sie mich im Besitz von so eigenartigen Schriftstücken wie meinem Tagebuch gefunden hätten.

Bevor ich sie ein für allemal verließ, fragten sie mich noch, was ich nun tun wollte. «In mein Land, in die Vereinigten Staaten fahren», sagte ich, «und ihr werdet sehen, daß die Deutschen den Krieg verlieren, denn Amerika wird Frankreich helfen, so wie beim letzten Mal.» Sie machten verdutzte Gesichter und sahen mich an wie einen verrückten Schwärmer.

Als ich wieder auf der Straße war, holte mich einer der Gendarmen ein, sagte mir, er habe Kinder, das Leben sei schwer usw., und fragte mich fast geradeheraus, ob ich ihm nicht etwas überlassen könne, um ihm zu helfen.

Ich schenkte ihm ein paar Geldscheine, und er lächelte zufrieden, dann ging ich bis Hendaye weiter.

Dort begab ich mich sogleich zu jener berühmten Brücke, die in den Erzählungen der Flüchtlinge so oft erwähnt worden ist, jene Brücke, die Hendaye mit Irún verbindet. Vor dem Posten, an dem die Papiere überprüft wurden, wartete Robert. An seiner bleichen Miene, an seinem ängstlichen und beinahe qualvollen Gesichtsausdruck sah ich, daß die Dinge nicht so verliefen, wie wir gehofft hatten. Er sagte mir kurz, daß er noch warten müsse, daß nichts entschieden sei, daß alles gutgehen werde, aber seine Augen sagten nicht im geringsten, was sein Mund sagte, und das rief in mir ein Gefühl hervor, das ich nicht beschreiben kann. Ich verließ ihn, nachdem ich ihm erklärt hatte, daß ich zur Bank gehen wollte, um mein überschüssiges Geld zu hinterlegen, und wir verabredeten uns auf der anderen Seite der Grenze, er behielt mein Gepäck.

Ich mietete einen Wagen, der mich zum Crédit Lyonnais der Nachbarstadt brachte. Dort hinterlegte ich mein Geld, und nachdem ich diese Angelegenheit in aller Eile erledigt hatte, kehrte ich in einem Platzregen zurück. Ohne allzu große Mühe hatte ich mich von einer Summe getrennt, die als ein Vermögen betrachtet werden konnte. Meine Expedition hatte gut zwei Stunden gedauert, und so war ein Uhr nachmittags längst vorüber, als ich wieder bei der Brücke von Irún ankam. Eine große Anzahl von Autos war während meiner Abwesenheit eingetroffen, und alle warteten hintereinander. Roberts Wagen erblickte ich nirgends, und ich wagte nicht, darin den Beweis zu sehen, daß er den Grenzübertritt geschafft hatte. Zunächst ging ich zu einem Posten, den man mir anwies und auf dem mein Reisepaß wie immer sorgfältig überprüft wurde. Aber sie konnten ihn drehen und wenden, wie sie wollten, ich war nun einmal Amerikaner, und da mich diese Verzögerungen wütend gemacht hatten, beantwortete ich alle Fragen nur noch auf englisch.

Einem Franzosen, der mit mir hereingekommen war, wurde die Ausreiseerlaubnis nach Spanien verweigert. «Ihre Kinder können hinüber», wurde ihm gesagt, «aber Sie nicht.» Er wollte nicht aufgeben. Der arme Kerl war schmächtig und blaß. «Hier wird hart mit einem umgegangen», meinte er, als er seinen Paß wieder in Empfang nahm. Der mit dem Überprüfen beauftragte Offizier antwortete ihm grob, an der Grenze gebe es keine Bevorzugung und alle Franzosen müßten sich darauf gefaßt machen, dasselbe Los zu teilen. Er war ein zutiefst widerwärtiger Mensch, und seine Worte betrübten mich zu Tode, wenn ich an Robert dachte. Ich erreichte den zweiten Posten am Anfang der Brücke, bei dem ich mich mit meinen Papieren melden sollte. Ein Unteroffizier blätterte meinen Paß durch und gab ihn mir zurück: ich konnte hinüber. Auch er hatte ein sehr hartes Gesicht und sprach ohne jegliche Rücksichtnahme mit den Reisenden, die sich um ihn herum drängten. Trotzdem sagte ich zu ihm, daß ich die Brücke nicht überqueren wolle, ohne sicher zu sein, daß ein Freund, mit dem ich reiste und von dem ich mich unterwegs hatte trennen müssen, die Grenze überschritten habe. Diese Aussage erstaunte ihn, und er schaute mir in die Augen. «Ich kann hinüber, wann ich will», sagte ich ruhig zu ihm, «denn ich bin Amerikaner, aber ich habe diesem Freund versprochen, nicht ohne ihn nach Spanien zu gehen, oder zumindest den ganzen heutigen Tag lang auf ihn zu warten. Also werde ich warten.» Vielleicht rührte den Beamten die Wärme, mit der ich diese Worte ausgesprochen hatte, denn er fragte mich nach dem Namen dieses Freundes und öffnete gleichzeitig ein Heft. Ich sah eine Liste der Reisenden, die Frankreich seit dem Morgengrauen verlassen hatten.

Aus Vorsicht gab ich nicht den Namen Saint Jean an, sondern einen anderen, der mit demselben Buchstaben begann, und ich beugte mich über die Schulter des Unteroffiziers, um diese Liste zu prüfen, die er übrigens gar nicht vor mir zu verbergen suchte. Meine Bestürzung war riesengroß, als ich entdeckte, daß Robert nicht auf ihr verzeichnet war. Meine Verwirrung war so offensichtlich, daß der Mann zu mir sagte: «Vielleicht ist Ihr Freund zur Gendarmerie nach Bayonne zurückgefahren, dort werden die Pässe abgestempelt?»

Ich ging hinaus, von Verzweiflung überwältigt. Was sollte ich tun? Ich ging in ein nahe gelegenes Café, wo ich ein Glas Mineralwasser trank. Es goß in Strömen. Der Gedanke, nach Spanien zu gehen und Robert seinem Schicksal zu überlassen, erschien mir unerträglich. Durch das Fenster, an dem die Regentropfen herabronnen, blickte ich auf den Bahnhof und fragte mich, ob es nicht am vernünftigsten wäre, umzukehren, denn noch fuhren ungehindert Züge in der näheren Umgebung, aber etwas hielt mich davon ab, mich für dieses Vorhaben zu entscheiden. Ich gehorchte einer Art innerem Antrieb, der mich dazu drängte, das Café zu verlassen, ohne auch nur im geringsten zu wissen, wohin ich gehen wollte oder warum ich eher die eine als die andere Richtung einschlug. Ich erinnere mich noch genau, wie ich zu mir sagte, während ich den steilen Weg zur Stadt hinaufstieg, wenn ich nach Spanien ginge, dann nur um ein Kloster zu finden, in dem ich mich bis ans Ende meiner Tage einschließen würde, doch vorläufig kehrte ich der Grenze den Rücken zu. In einer der belebtesten Straßen betrat ich ein Geschäft, weil ich nicht wußte, was ich mit meiner Zeit anfangen sollte; hier bat ich darum, mir Strickjacken zu zeigen, ich nahm eine, irgendeine, und bezahlte sie sofort, es war eine braune Strickjacke, wie Bauern sie tragen. Ich hatte den Eindruck, daß ich irgend etwas tun mußte, um nicht ständig nachzudenken.

Draußen schlenderte ich an der Terrasse eines Cafés entlang, und jemand berührte ganz sachte meinen Arm. Es war Hélène Gordon-Lazareff, die ich in Paris kennengelernt hatte. Ihr Mann, den ich zunächst nicht gesehen hatte, fragte mich, was ich hier mache. «Und Sie?» fragte ich ihn. «Gehen Sie denn nicht hinüber?» – «Doch», sagte er, «aber ich warte auf meinen Dienstauftrag, den ich gleich noch bekommen muß.» – «Warum sind Sie denn nicht bei Robert?» fragte Madame Lazareff. «Ich weiß nicht, wo Robert ist.» – «Wie? Aber er ist doch auf der anderen Seite der Brücke, in Spanien. Mein Mann hat gesehen, wie er hinübergefahren ist. Wir treffen uns auf der anderen Seite.» Ich dankte der Frau mit heiserer Stimme, ergriff mein Bündel, nahm die Beine in die Hand und lief zur Grenze. Schweißgebadet und hinkend, denn mein Schuh drückte mich, überquerte ich die Brücke, so schnell es mir nur möglich war, und stürzte beinahe in das kleine Büro, in dem die spanischen Behörden die Reisepässe überprüften.

Zunächst sah ich nirgendwo denjenigen, nach dem ich suchte, und wiederum erkundigte ich mich, ob sein Name im Verzeichnis stünde. Der spanische Offizier suchte und fand nichts. Er suchte unter J. In dem Augenblick, da ich es bemerkte, hörte ich jemanden auf der Straße husten, nicht weit von der Tür entfernt. Ich erkannte Roberts eigentümliche Art. Er wartete in der Nähe seines Wagens auf mich. Alles würde einfacher sein, dachte ich, da wir nun in Spanien waren und er heil und gesund war.

Wir entfernten uns so schnell wie möglich von der Grenze. Im Auto dachte ich jetzt über die seit Mai verstrichenen Tage nach; ich hatte zwar für mich selbst nichts zu befürchten gehabt, aber das Schicksal meiner Freunde hatte mich gequält, vor allem das Schicksal Roberts, denn seine Stellungnahmen hätten ihn ganz besonders der Verfolgung durch Hitler ausgesetzt. Bestimmt hat es zahlreiche ähnliche Situationen gegeben, dessen bin ich sicher, andere mußten um jene zittern, die ihnen teuer waren, andere mußten auf das Stückchen Papier warten, das für sie Freiheit und Leben bedeutete, andere haben während einiger Stunden die Qualen der Hoffnung durchgemacht, die für das Herz genauso furchtbar sind wie die völlige Windstille der Verzweiflung.

Mit einem Gefühl der Freiheit, beinahe der Leichtigkeit, durchquerten wir den Norden Spaniens, San Sebastián, Vitoria, Burgos, wo wir einen Kaffee tranken, Valladolid, wo wir etwas aßen; wir hatten es eilig, denn während der letzten Zeit in Frankreich war immer offener vom deutschen Eroberungszug bis nach Gibraltar die Rede, und es war wichtig, eine möglichst weite Strecke zwischen die Truppen des Reiches und jene Menschen zu legen, die ins Exil zogen.

In Salamanca hielten wir an, um zu übernachten. Nach dem Abendessen im Schein der Laternen hatte ich unter den Arkaden der Plaza Mayor den Eindruck, in eine lang vergangene Zeit zurückversetzt zu sein, die Männer spazierten in die eine Richtung, die Frauen mit eingehakten Armen in die andere, und alle bewegten sich mit größter Anmut. Da wir Französisch sprachen, schnappte ich um uns herum nicht gerade sehr liebenswürdige Bemerkungen auf: «Die Franzosen haben's nicht anders verdient... Was sie jetzt erleben, geschieht ihnen ganz recht.» Das war die allgemein verbreitete Auffassung. Ein Volk als Ganzes zu verurteilen, diese Reaktion der Spanier empörte mich, denn für mich gibt es nur Individuen. Von diesem Augenblick an verwendete ich in der Öffentlichkeit nur noch die englische Sprache und hatte nur ein Verlangen: diese Stadt sofort bei Tagesanbruch zu verlassen.

Unterwegs begegneten wir nur wenigen Autos, darunter keinem einzigen aus Frankreich. Robert mußte seines übrigens vor der Grenze in Fuentes de Oñoro verkaufen, denn ausländische Autos durften nur mit einer Sondergenehmigung nach Portugal eingeführt werden, und diese hätten wir beantragen und darauf warten müssen, doch wie schon gesagt, wir hatten es eilig, nach Lissabon zu kommen. Glücklicherweise waren wir nicht allzusehr mit Gepäck beladen, jeder hatte einen Koffer und eine Umhängetasche. Ein Taxi brachte uns nach Vilar Formoso.

Dort ging es drunter und drüber, eine schnatternde Menge belagerte den kleinen Grenzposten, in dem ein Beamter nicht mehr ein noch aus wußte, denn für eine solche Situation war nie vorgesorgt worden. Mindestens fünfhundert Personen, alle mehr oder weniger berühmt, warteten auf die Erlaubnis, den Zug nach Lissabon besteigen zu dürfen. Kein einziges Privatfahrzeug war weiter als bis zur letzten spanischen Stadt vorgedrungen.

Diese ganze Gesellschaft war in Aufruhr, jeder schrie dem Angestellten seinen Namen zu, und dieser fuchtelte mit den Armen und telephonierte. Zwischen zwei Telephongesprächen war immer wieder *unmöglich* zu hören. Er sprach es hastig auf portugiesisch aus, aber alle übersetzten es mit: *noch weiter warten*. Ich spürte, wie Roberts Angst auch mich erfaßte. Ein Stückchen abseits saß am Rande der Böschung die Großherzogin von Luxemburg und aß eine Scheibe Lebkuchen, und mit einem Schlag begann das Leben, einer Episode aus *Alice im Wunderland* zu gleichen. Da war der absurde Charakter der Situation, die bunt zusammengewürfelte Menge und in kaum hundert Meter Entfernung der Zug, der wie ein geduldiges Tier auf die überreizten Reisenden wartete. Von Zeit zu Zeit warf der Zöllner zwischen zwei Anrufen mit seinem prähistorischen Telephonapparat einen Namen in das Getümmel, und der glückliche Auserwählte dieser seltsamen Lotterie strebte auf die Haltestelle zu, die sich in einen internationalen Bahnhof verwandelt hatte.

Einen Augenblick lang verließ ich die anderen und ging bis zur kleinen Dorfkirche am Rande der Straße. Ich glaube, an diesem Tag war ich der einzige Fremde, der sie betreten hat. Sie war von sehr schlichter Schönheit, und der Altar quoll über vor Blumen. Ich blieb ein paar Minuten, in denen ich schweigend für all jene um Hilfe flehte, die ich liebte, sowie für das Land, das ich in der Trübseligkeit der Niederlage hinter mir ließ.

Als ich wieder zurückkam, schlug die Aufgeregtheit gerade in Panik um, und plötzlich hörte ich, wie der Beamte meinen Namen schrie. Gleich nachdem ich weggegangen war, hatte er angefangen, unaufhörlich nach mir zu rufen, und die wenigen Personen, die mich kannten, wunderten sich über mein Schweigen, nachdem sie mich warten gesehen hatten wie sie selbst. Robert suchte mich seinerseits, denn ich hatte mich ohne ein Wort zu sagen davongestohlen. Wie viele der Menschen um mich herum hätten jetzt wohl an meiner Stelle sein wollen? Der amerikanische Paß war ein Talisman. Der Offizier gab ihn mir mit einer Fahrkarte zurück und öffnete mir den Durchgang. Nach Lissabon zu fahren, war für mich die beste Art, Robert zu helfen. Dennoch trennten wir uns schweren Herzens.

Der Zug sollte fast augenblicklich abfahren, doch dieses *fast* enthielt die ganze Weite, welche die Portugiesen in die Zeit zu legen vermögen, und es verstrichen gut zwei Stunden, bevor sich etwas rührte. Eine aufgeregte Menge belagerte noch immer das kleine Büro der internationalen Polizei; jene, die es geschafft hatten, in eine der Städte Portugals weiterfahren zu dürfen, liefen mit hastigen Schritten zum Bahnhof, nachdem sie sich noch schnell von denjenigen verabschiedet hatten, die sie den Launen der Stempel überließen. Die Zahl der Flüchtlinge stieg von Stunde zu Stunde; ohne Unterlaß trafen weitere Gruppen aus Spanien ein, Belgier, Holländer, aber auch Tschechen und Rumänen – und Franzosen, die den Behörden am verdächtigsten erschienen. Die Nervosität nahm beständig in dem Maße zu, wie der Tag sich seinem Ende zuneigte. Ich war unter den letzten, die noch durchkamen, und es war beinahe sechs Uhr, als der Zug sich von diesem außer Rand und Band geratenen Grenzposten entfernte.

Die Reise hatte etwas von der Trägheit eines bösen Traums. Es war dunkel, als ich gegen zehn Uhr abends in einen anderen Waggon nach Lissabon umsteigen mußte, und ich fand mich in einem Abteil mit Reisenden wieder, die sich schon zum Schlafen hingelegt hatten, bei einer düsteren Nachtbeleuchtung, von der sie in einen aus dem Jenseits der Welt herrührenden Schein getaucht wurden. Ich war eher glücklich, in vollkommener Ruhe darüber nachdenken zu können, auf welche Art ich Robert, der während ebendieser Nacht in Vilar Formoso vor Ungeduld verging, zu Hilfe kommen würde. Ich glaubte, in Portugal niemanden zu kennen, und spürte meine Ohnmacht wachsen, als mir plötzlich ein Name wieder ins Gedächtnis kam, ein romantisch klingender Name: Antonio Ferro... In solchen Augenblicken kann man sich fragen, ob nicht alles im Leben der eigenen Person zum Trotz geheimnisvoll ineinandergreift, als wäre der Mensch von Geburt an von allen Zeichen seines Schicksals umgeben. An ihm liegt es dann, sie zu entdecken und zu entziffern. Um Luft zu schöpfen, ging ich auf den beinahe leeren Gang hinaus. Nicht weit von mir sprachen zwei Offiziere miteinander, ich hörte aus ihrer vom Lärm des Zuges überlagerten Unterhaltung den Namen heraus, der mir gerade wieder eingefallen war. Er schien ihnen vertraut zu sein. Ich war geistesgegenwärtig genug, sie zu fragen, wer die Person sei, die sie soeben erwähnt hatten. «Monsieur», antwortete mir der eine von den beiden in ausgezeichnetem Französisch, «das ist einer der wichtigen Männer in unserem Land, die Information, die Propaganda, alles in allem» – und das sagte er mit einem Lächeln – «unser Goebbels.»

Ich war diesem Mann beim Abendessen im Hause der Morands und bei Emilio Terry begegnet und beschloß, ihn sofort am nächsten Tag aufzusuchen.

Ich kam gegen Mitternacht in Lissabon an. Seit zehn Tagen strömten die Flüchtlinge unaufhörlich in die

Stadt, deshalb wurden viele nach Coimbra oder Porto geschickt, um eine Überfüllung Lissabons zu verhindern. Meine erste Sorge war, ein Zimmer zu finden, und erinnerte mich daran, daß die Lazareffs davon gesprochen hatten, sich im Hotel Frankfurt zu treffen. Dort bot man mir ein Zimmer an, das zugleich auf einen Markt und einen Zirkus ging, beide liefen bis zum Morgengrauen auf vollen Touren, aber ich war zu erschöpft, um mich zu beschweren, und nachdem ich mir die Ohren mit Watte verstopft hatte, schlief ich in einem Getöse von Blechinstrumenten ein.

Am nächsten Morgen war ich um neun Uhr auf den Beinen und erkundigte mich nach den Adressen der Ministerien und Konsulate. Giraudoux, glaube ich, sagt, daß Lissabon wie ein Fächer sei, der sich öffne und schließe. Wenn ich es mir genau überlege, würde ich diese Stadt eher mit einem Rad vergleichen, dessen Achse der Platz des Rossio ist und dessen Speichen auf das Meer und die Hügel des Hinterlandes zustreben. Zu jeder Tageszeit wimmelt es auf dem Rossio von Spaziergängern. Mit seinen schattigen Laubdächern, seinen Springbrunnen und seinem Palais, dessen barocke Fassade sich nicht mehr an die Inquisitoren erinnert, die er beherbergte, ist dieser lange Platz der Treffpunkt all jener, die nichts zu tun haben und nicht wissen, wie sie die Zeit totschlagen sollen. Von morgens bis abends und von abends bis Tagesanbruch ergießen sich die Straßen der Ober- und Unterstadt in diese Kulisse einer Opera buffa.

Es war jedoch nicht sehr schwer, der Stimmung auf den Grund zu gehen: Ein vager Eindruck von Unbehagen stieg aus der Menge auf. Man ahnte, daß über diesem für ein unbeschwertes Glück geschaffenen Lissabon ein immer dichterer Schatten schwebte. Und es waren die Flüchtlinge, die, ohne es zu wissen, den dumpfen Widerhall dieser noch fernen, doch mit jedem Tag näher rückenden Bedrohung weitertrugen. Sie waren die Vorboten der Panik. Diese Bedrohung hatte sie aus Frankreich vertrieben und war ihnen durch Navarra und Altkastilien gefolgt, sie traf mit ihnen auf dem Rossio ein. Stück für Stück überbrachten sie Neuigkeiten, deren Veröffentlichung in den Zeitungen von der portugiesischen Zensur verhindert wurde. Durch sie wußte man, wie die Stimmung in Spanien war, ob dort mit einem Einmarsch der deutschen Truppen gerechnet wurde, was man sagte, was man sich erhoffte, was auf den Mauern zu lesen stand, was dort hinausgeschrien wurde.

Vor den Büros des *Diario de Noticias* lasen die Spaziergänger schweigsam die letzten Depeschen, die mit der Hand auf große weiße Kartontafeln geschrieben wurden.

Im Informations- und Propagandaministerium bat ich darum, meine Visitenkarte an den Herrn Minister weiterzuleiten. Einige Minuten später richtete man mir aus, der Herr Minister erwarte mich. Seit vierundzwanzig Stunden hatte er versucht, Verbindung mit mir aufzunehmen, da er von den Spaniern wußte, daß ich auf dem Weg zur Grenze war, und er hatte verschiedene Übergänge benachrichtigt, um mir eine unverzügliche Einreise zu erleichtern. Ich erzählte ihm, daß ich Robert de Saint Jean an der spanischen Grenze hatte zurücklassen müssen. «Wo?» fragte er mich. «In Vilar Formoso.» Er griff zum Telephon und befahl dem armen Kerl, der wie sein Kollege vom Vortag der Menge die Stirn bieten mußte und wahrscheinlich gemeinsam mit ihr gerade dabei war, den Kopf zu verlieren, nach Monsieur de Saint Jean zu rufen und ihm mitzuteilen, er werde dringend in Lissabon erwartet. Antonio Ferro unterrichtete mich auch beiläufig davon, daß die Deutschen den Waffenstillstand angenommen hätten, und sicherlich konnte ich meine Gefühle nicht verbergen, denn er war so taktvoll, von Büchern weiterzusprechen, als ob Bücher die Macht besäßen, schlechte Nachrichten zu verscheuchen.

Da Robert erst am nächsten Tag mit dem einzigen Zug eintreffen konnte, ging ich langsam ins Hotel zurück. Auf der wundervollen Praça do Comércio tauchten Gesichter aus Paris auf. Mit einem Mal stand ich Jean-Michel Franck gegenüber, der gerade einen heftigen Wortwechsel mit seinem Freund Thad Lovett austrug. «Sie hier!» sagte er zu mir. «Wo sind Sie denn abgestiegen?» – «Im Hotel Frankfurt.» – «Ach! Wie alle ... Da fliehen wir vor den Deutschen und finden uns im Hotel Frankfurt wieder! Bismarck muß sich in seinem Grab doch vor Lachen biegen!» fügte er in einem Anflug bitterer Heiterkeit hinzu. Er wollte mich noch in irgendeine Bar einladen, denn schon versuchten die kaum einen Tag alten Exilanten, ihr normales Leben, und sei es auch nur für eine Stunde, wiederherzustellen, aber ich hatte es eilig, allein zu sein.

Die fixe Idee aller Leute war Amerika, Nord- oder Südamerika, und das Kommen und Gehen der Flüchtlinge überkreuzte sich auf den zufälligen Wegen von einer Botschaft zur anderen. Mir blieb nichts anderes zu tun, als auf ein Schiff nach New York zu warten und ein Mittel zu finden, wie ich Robert offiziell mitnehmen konnte, denn auch hier waren die Einwanderungsbehörden mißtrauisch gegenüber den Bürgern aus kriegführenden Ländern, außer natürlich bei Engländern.

In der Empfangshalle des Hotels Frankfurt setzte ich mich, von meinem Spaziergang durch die Stadt ermüdet, einen Augenblick nieder. Ein junger Bursche, höchstens vierzehn Jahre alt, schlank, fast noch mit dem Aussehen eines Kindes, kam geradewegs auf mich zu: «Ich bin Jude. Mir ist es gelungen, Frankreich zu verlassen, helfen Sie mir.» Da ich wie er Exilant war, konnte ich von mir aus nicht viel für ihn tun, aber ich suchte nach einer Idee und sagte zu ihm, er solle mir zur Rezeption folgen. Dort erklärte ich, was ich wollte, man brachte mir das Telephonbuch. Ich suchte den Namen Rothschild und nahm den ersten auf der Liste. Der Portier verlangte für mich die Nummer bei den Fernsprechbeamten der Post. Ich wollte mit Madame de Rothschild sprechen. Eine Frauenstimme sagte zu mir: «Am Apparat.» – «Neben mir steht ein junger Jude», sagte ich, «der es geschafft hat, aus Frankreich zu entkommen, und Hilfe braucht. Darf ich ihn zu Ihnen schicken?» Nach kurzem Zögern kam die Frage: «Wer sind Sie, mein Herr?» – «Julien Green. Ich warte auf ein Schiff nach Amerika und kann hier nichts unternehmen.» Dieses Mal kam die Antwort prompt, und die Stimme war herzlich geworden: «Schicken Sie ihn doch zu mir. Wir werden das Notwendige veranlassen ...» Und das tat ich auf der Stelle. Was sein weiteres Schicksal betraf, fühlte ich mich vollkommen beruhigt. Ich ließ ihn zu der Adresse bringen, die sie mir angegeben hatte, und als er mich verließ, dankte er mir mit einem Lächeln, das sein ganzes Gesicht überstrahlte.

Am nächsten Morgen hatte ich die Eingebung, den heiligen Anton von Padua in der Kirche aufzusuchen, die an der Stelle seines Geburtshauses errichtet worden war, auf einem kleinen Platz unterhalb der Kathedrale. In Gedanken wandte ich mich an den großen Franziskaner und bat ihn um etwas ganz Bestimmtes: nämlich daß Robert und ich uns im Haus meiner Cousine Nan Williams in Baltimore wiederfinden würden, und genauer noch: in der Nähe des Wohnzimmerfensters, das auf die Gärten hinausging. Diese Präzision mag kindisch erscheinen, aber sie ließ mich nicht mehr los. Eben da wollte ich hin, denn bei meiner letzten Reise im Jahre 1939 hatte ich mich dort aufgehalten.

Inzwischen war Robert mit dem Zug angekommen, und ich traf ihn im Hotel an. Er wußte keinen Rat mehr und erwog, über Irland irgendwie nach England zu gelangen.

Ich begab mich am darauffolgenden Morgen zu meiner Botschaft und ersuchte darum, den Botschafter zu sprechen. Dieser ziemlich korpulente Mann empfing mich stehend in seinem Büro und stampfte vor Ungeduld buchstäblich mit dem Fuß auf den Boden, während er sich anhörte, was ein Bürger der Vereinigten Staaten ihm zu sagen hatte. Ich wollte wissen, wie ich mein Bankkonto von Paris nach Lissabon und dann weiter nach New York verlegen konnte. «Ich werde tun, was ich kann, aber das grenzt ans Unmögliche», lautete die hastige Antwort. Ich war indes entschlossen, nach Amerika zu fahren, und er berichtete mir von Schiffen, die Portugal innerhalb der kommenden vierzehn Tage verlassen sollten, aber nichts sei sicher, fügte er, um mich schnell wieder loszuwerden, hinzu.

Wieder im Hotel, rüttelte ich Robert auf, der nicht mehr wußte, was er tun sollte, und deshalb gar nichts tat. Ich, der Träumer, hatte seit Bordeaux unser Schicksal gelenkt, und ich sah sehr deutlich, daß es auch weiterhin an mir lag zu handeln. Ein paar Stunden später erhielt ich im Hotel eine Einladung zu einem Cocktail am Nachmittag, denn der Botschafter hatte in der Zwischenzeit erfahren, wer ich war, und mein Name war damals in Amerika bekannt. Dieses Mal stand ich einem ganz anderen Botschafter gegenüber als noch am Vormittag, er zerfloß vor Liebenswürdigkeit und Entgegenkommen. Ein Korb voller Lächeln wurde mir zuteil, er bot mir seine Dienste an, wußte gar nicht mehr, was er noch alles tun sollte, um mir gefällig oder zumindest nützlich zu sein, er hatte ein Schiff gefunden, das in einer Woche ablegte, er würde meine Überfahrt reservieren und mir alle notwendigen Schritte erleichtern lassen.

Ein anderer Name tauchte unvermittelt in meinem Gedächtnis auf, von einem Mann, der mich in der Avenue Wilson besucht hatte, ein sehr kultivierter Mensch, Espirito Santo. Man hätte meinen können, ein böser Geist stelle mir alle Hilfsmittel der portugiesischen Freundlichkeit zur Verfügung, um die Eigenliebe meines armen Botschafters zu quälen, denn als er diesen neuen Namen hörte, scheute er keine Mühe mehr. Stellen Sie sich vor – die Bank! Was am Vortag noch unmöglich war, verwandelte sich in ein Kinderspiel.

Es blieb nur noch das heikle Problem mit Robert. Im Geiste ging ich alle einflußreichen Leute durch, die ich kannte oder denen er begegnet sein konnte. Nachdem ich ihm bewiesen hatte, daß hier eine Chance lag, schleppte ich ihn am nächsten Tag in aller Herrgottsfrühe zur Botschaft, noch bevor die Amtsräume geöffnet wurden. Er hörte mir zu und ließ mich machen. Wir trafen mit den Putzfrauen ein, und die Angestellten staunten nicht schlecht, als sie uns um acht Uhr schon dasitzen sahen. Ich erklärte dem Botschafter und seinem Gesandtschaftsrat die Lage, gab den Namen Walter Lippmanns an, der für Robert in den Vereinigten Staaten bürgen würde. Ich schlug auch Summer Wells vor, einen meiner Kameraden von der Universität Virginia, der Staatssekretär bei Roosevelt geworden war. Sogleich wurde ein Telegramm abgeschickt, und die Antwort kam unverzüglich: Saint Jean wurde erwartet, es würde von großem Nutzen sein, ihn in New York bei der Dienststelle für Informationen über Europa zu haben. Die Formalitäten waren rasch erledigt, und fünf Tage später waren wir an Bord der *Excambion*, eines Schiffes, das zur Flotte von Mrs. Roosevelt gehörte und wie alle mit *Ex* beginnenden Kähne dieser Dame hätte abgetakelt sein sollen, denn die Stunde der Altersrente hatte für ihn schon längst geschlagen. Sie schickte jedoch Dampfer auf die Ozeane, die Gerüchten zufolge nicht mehr seetüchtig oder, wie die englische Marine sagt, *des Meeres unwürdig* waren, und brachte so das Leben in Gefahr, das die Passagiere ihr anvertrauten, was die ehrenwerte Milliardärin nicht daran hinderte, den Völkern Moralpredigten zu halten!

Mit uns auf dem Schiff reisten auch einige Franzosen, unter ihnen Jules Romains und seine Frau, die sogleich ihre Landsleute um sich herum mobilisierten. Romains versammelte sie manchmal in seiner Kabine, um ihnen seine letzten Gedichte vorzulesen, eine Ode an was weiß ich was, den Frieden oder die Einheit der Völker, auf jeden Fall etwas entsetzlich Langweiliges. Eines Nachmittags lud er auch mich dazu ein, aber als von einer neuerlichen Zusammenkunft die Rede war, konnte man mich nirgends finden, ich versteckte mich hinter den Deckluken, um von meiner Zukunft zu träumen, die ich mir nicht mehr vorstellen konnte.

Innerhalb weniger Wochen hatte sich das Leben verändert. Ein Koffer, ein paar Gegenstände, eine Tür, die man hinter sich schließt, und die Vergangenheit entfernt sich für immer. Ich würde wieder zu einem Amerikaner in Amerika werden und zu einem englischen Schriftsteller, wie es der Fall hätte sein können, wenn ich mit zweiundzwanzig Jahren in Virginia geblieben wäre. Ich dachte bereits an all die Schwierigkeiten meiner Freunde im Exil, die nur ihre eigene Sprache gut beherrschten. Und schon zeigte sich meine doppelte Natur: Nach wie langer Zeit würde ich Paris wiedersehen? Die Sehnsucht durchbohrte mir das Herz, genauso wie in Paris, immer wenn ich an meinen Süden dachte. Unsere Welt war zusammengebrochen. Die Franzosen hielten sich für zu gescheit und erkannten ihre Grenzen nicht. *Vor lauter Vernunft ganz verblödet*, hatte Edmond Jaloux zu mir gesagt, der einen klaren Blick besaß. Aus Vertrauen hatten sie sich Politikern in die Hände gegeben, die den Krieg als eines ihrer üblichen Spiele betrachteten, waren ihnen wie die Schafe des Panurge gefolgt und tauchten jetzt in ein finsteres Zeitalter ein. Das schwammige und trübe Frankreich der Politik hatte das wahre Frankreich ins Verderben gestürzt. Gewiß zeigte sich Hoffnung, denn es gibt kein Beispiel eines Eroberers, der letztendlich nicht von seiner Eroberung verschlungen wird. Russen und Deutsche waren dabei, sich Europa aufzuteilen. Lows Zeichnungen vom April gingen mir wieder durch den Kopf: die «Reise nach Jerusalem» mit Hitler als

Taktklopferin am Klavier, Stalin als Kindermädchen und Menschenfresserin und den jungen Balkanstaaten in ihren volkstümlichen Trachten, die unschuldig um die Stühle herumtanzen, von denen immer wieder einer fehlt, oder Hitler als eitler Geck, der über die breiten Boulevards spaziert, inmitten von Soldaten in Gretchenkostümen. Alles, was völlig verrückt erschien, war in drei Monaten Wirklichkeit geworden, so als hätte der Karikaturist unter dem Einfluß einer besonderen Sehergabe gestanden. Würde ich nach Europa zurückkehren? Wie viele Jahre würde es dauern, bevor wir, wenn schon nicht unsere alte Welt, so doch eine lebenswerte Welt wiederfinden würden? Das Morgen bestand nur aus Fragezeichen, und der Leere des Meeres entsprach das Geheimnis der Zukunft.

Zuweilen bereitete Romains auch eine Exilregierung vor. In aller Förmlichkeit stellte er Listen auf, bot inexistente Ministerposten an, ernannte Robert in seinem zukünftigen Kabinett zum Minister für phantasmagorische Auswärtige Angelegenheiten, nahm mich mit der Idee eines bizarren Postens unter Beschuß, aber ich machte mit diesen Hirngespinsten kurzen Prozeß, indem ich ihn darauf hinwies, daß ich Amerikaner sei. Und dabei blieb es dann auch. Von diesen Spinnereien abgesehen war er ein ausgesprochen heiterer Zeitgenosse. Er stellte sich mutig der Situation, und seine mit Erinnerungen und Plänen vollgestopften Gespräche blieben lebendig, überraschend und immer unterhaltsam.

In dem Maße, wie wir uns von Europa entfernten, verschwammen die tragischen Stunden immer stärker in der Vergangenheit. Wir sprachen jedoch über alles: über die Flucht der französischen Truppen, die man Rückzug getauft hatte und die zuallererst eine innere Niederlage war, weil die Franzosen nicht mehr an sich selbst glaubten; manche Verhaltensweisen trafen uns trotzdem mitten ins Herz: die heldenhafte Verteidigung der Schüler von Saint-Cyr, die in weißen Handschuhen gefallenen Kadetten in Saumur, der Widerstand der Kavallerie bei Ponts-de-Cé und andere, ganz genauso wunderbar nutzlose Taten, die jedoch das wahre Frankreich retteten, während das andere, das politische Frankreich zerrann. Diese Männer hatten ihr Leben für die Vorstellung hingegeben, die sie sich von einer lebendigen Person machten, ebenjener, die ich mir als kleiner Junge ausmalte, wenn ich die *Histoire de France illustrée* durchblätterte, in der ich Frankreich als kleines Mädchen unter den Galliern sah, später als junge Frau in der Renaissance, dann immer größer werdend …

An Deck suchten Frauen jeglichen Alters, mit Feldstechern und Fernrohren ausstaffiert, den Ozean ab, denn der Angriff eines Unterseebootes jagte ihnen schon im voraus Angst ein. In jedem Augenblick sahen sie Periskope aus dem Wasser hervorkommen und bevölkerten die ganze Meeresoberfläche blindlings mit diesen schwarzen Rohren. Doch abgesehen von den Schreckensschreien, die das schöne Geschlecht hin und wieder ausstieß, verlief die Überfahrt ganz ruhig.

Als die Umrisse von New York in der Ferne auftauchten, erklang Freudengeschrei. Auf diese Entfernung hatte die Stadt die Schönheit einer Vision. Und obwohl ich zwischen 1919 und 1939 oft hierher gekommen und wie jedes Mal auch heute entzückt war, verspürte ich außerdem noch den trunkenen Taumel, von einer düsteren Welt befreit zu sein. Wenn der Ausdruck *Neue Welt* jemals einen Sinn gehabt hat, dann hatte er ihn für mich in diesem Augenblick.

Am Kai erwartete mich Mark, der Mark aus *Fernes Land*. In einer einzigen Sekunde begriff ich all die Zuneigung, die er für mich empfand und die stärker war, als er es hatte eingestehen wollen. Er war immer noch genauso schön, und um jedes übertriebene Gefühl von seiner wie auch von meiner Seite abzuwehren, tat er so, als hätten wir uns am Vortag zuletzt gesehen und als sei alles ganz selbstverständlich. Völlig zwanglos sagte er: «Julian, du brauchst vielleicht Geld. Nimm das hier.» Es handelte sich um hundert Dollar. Das war viel, denn er war nicht reich. Lächelnd lehnte ich ab. Er war da, nur das zählte.

Auf der anderen Seite des Landestegs lauerten Journalisten auf uns, die Liste der Passagiere aus Europa war ihnen mitgeteilt worden, und zur Überraschung meiner Begleiter wendeten sie sich an mich, denn ich war, wie schon gesagt, in meinem Land bekannt. «Julian Green, wo ist Ihre Schwester?» Die erste Frage war direkt, ich erkannte die brutale Offenheit meiner Landsleute wieder. Auch Anne war berühmt, ihre Bücher hatten Erfolg gehabt, und ihre Schönheit hatte dafür gesorgt, daß Photos von ihr in allen Zeitschriften erschienen waren. «Sie kommt mit einem anderen Schiff.» – «Warum ist sie nicht bei Ihnen?» – «Sie ist mit Freunden zusammen abgereist. Wir sind getrennt worden...» In Wahrheit hatte ich keine Ahnung, wo Anne sich aufhalten mochte, und ich dachte, sie sei im Wagen der Caumartins nach Spanien gelangt.

Die Straßen New Yorks erfüllten uns zunächst mit einem Schwindelgefühl, es hätte eines Homer bedurft, um die unbeschreibliche, übermenschliche Erleichterung darüber wiederzugeben, sich in einer Welt zu befinden, die den Frieden in vollen Zügen genoß. Den Frieden und das Glück zu leben.

Am Abend funkelte New York, es war das Glitzern eines modernen Märchens voller Geräusche und Lichter. Die Sixth Avenue mit ihren Kinos, Restaurants und Geschäften machte einen ganz benommen, wenn man zurückdachte an den blauen Schimmer des zivilen Luftschutzes und an die Fußgänger am Abend, die schweigsam wie Schatten vorüberhuschten. Genau das war die Erinnerung, die an Paris blieb: eine erloschene Stadt.

Sobald ich im Haus meiner Cousine Nan in Baltimore

war (wo ich diese letzten Seiten schreibe), in diesem Haus, das sie den Sommer über verlassen hatte und in dem mir ihre schwarzen Hausangestellten zur Verfügung standen, war der Krieg selbst wie ausgelöscht. Die Hitze unter den tropischen Regenfällen war niederdrückend. Als wir am Nachmittag hinter einer der Glastüren des kleinen Salons standen, sagte ich zu Robert: «Wie schade, daß es regnet. Es ist unmöglich, hinauszugehen. Die Gärten sind so schön, jeder ganz anders, voller Sträucher und Blumen. Ich hätte sie dir so gern gezeigt.»

Und plötzlich sah ich mich wieder beim heiligen Anton von Padua in Lissabon: Meine Bitte, die mir dort ein wenig absurd erschien, mit einer mysteriösen Genauigkeit sah ich sie erfüllt.

Juni 1946

Dieser Bericht, den ich im Juni und Juli 1940 auf dem Weg von Lissabon nach Baltimore geschrieben habe, als die Ereignisse, die wir gerade erst erlebt hatten, noch ganz frisch waren, ersetzte das Tagebuch, das zu führen ich nicht den Mut aufgebracht hatte. Später erfuhr ich natürlich noch viel mehr Einzelheiten über die *drôle de guerre*, doch hier steht nichts anderes als das, was ich gesehen und gehört habe, oder was mir auf dieser Initiationsreise ins Exil zustieß.

Da mein Land nicht im Krieg stand, hätte ich ungehindert weggehen können: Ich habe mich entschieden, bis zum Ende der Bordeaux-Regierung zu bleiben, einerseits, um dem *Gefährten in guten und schlechten Tagen* zu helfen, andererseits aber auch wie ein Mensch in einem Alptraum, dem es nicht gelingt zu erwachen. Frankreich hatte mir bis 1940 alles gegeben, ich konnte nicht leichten Herzens aufbrechen.

In Amerika mußte ich wiederholt die Verteidigung eines Landes ergreifen, von dem es hieß, es sei am Ende. Die Empörung, die ein Theaterstück, *Moi et le colonel**, in mir erregte, das sich über die Franzosen auf ihrem Weg in den Exodus lustig machte, veranlaßte mich, «L'honneur d'être français» zu schreiben, das in allen französischen Vertretungen neben dem Appell des General de Gaulle wie auch in dessen Washingtoner Büro angeschlagen wurde.

* *Candle in the Wind* von Maxwell Anderson (A. d. Ü.).

Auf diesen Seiten habe ich nicht von De Gaulle gesprochen. Sein Name war in meiner Gegenwart während des Winters 1939 gefallen, im Zusammenhang mit einem Buch über die Berufsarmee, und ich war Pazifist; es hieß auch, er wolle Frankreich retten, und ich dachte damals, es handle sich um einen erfundenen Namen. Ich habe am 18. Juni seine Stimme nicht gehört. Wer scherte sich in Bordeaux schon um das englische Radio? An Bord der *Excambion*, auf dem Weg nach Amerika, sprach Jules Romains mit Robert de Saint Jean über «diesen Mann der Vorsehung», aber wie immer hatte ich kein besonders Interesse an Dingen, die ich für Politik hielt. Einige Tage nach meiner Ankunft in New York hielt ich jedoch den Text des Appells in meinen Händen. Genau darauf wartete ich. Ich behielt ihn bei mir, trennte mich nicht mehr davon, auch nicht, als ich in die Armee der Vereinigten Staaten eingezogen wurde.

Wenn Roosevelt dort sein Kabinett versammelte, sagte er zu seinen Ministern: «Jetzt wollen wir uns das Problem Jeanne d'Arc vornehmen», was allgemeine Heiterkeit hervorrief. Ohne es zu wissen, ganz unabsichtlich, hatte er recht damit, es war der schönste Name, neben den man den Namen des Generals stellen konnte. Wie Jeanne d'Arc hatte er das gerettet, was nicht stirbt: die Hoffnung.

Ich kehrte nach Frankreich zurück. Im Oktober 1945 ging ich in einem gespenstischen Hafen an Land: Le Havre. Nach einer schier endlosen Reise durch eine Normandie, deren Brücken eingestürzt und deren Bahnlinien von den Bomben zerfetzt waren und einen so zu ubuesken Umwegen über den Norden bis hinauf zur Somme zwangen, verspürte ich die Freude, wieder in der Stadt zu sein, in der ich geboren bin, in der ich meine Kindheit verbracht habe, endlich wieder die Sprache zu hören, die meinen Ohren seit fünf Jahren fehlte, sie überall um mich herum zu hören, in der Luft, in den

Straßen, in den Geschäften, mit jener französischen Lebhaftigkeit, die mitunter unausstehlich, aber doch immer amüsant ist. Auf den Toren von Paris müßte geschrieben stehen: «Anderswo atmet man, hier lebt man.»

Von der Botschaft aus rufe ich André Gide in der Rue Vaneau an. Als ich meinen Namen sage, kommt ein *Ah!* aus tiefstem Herzen, dann eine Stille und nach einem kurzen Augenblick: «Warten Sie, ich will mir einen Stuhl heranrücken, ich bin gerührt.» Dann nimmt das Gespräch seinen Lauf. «Wo sind Sie?» – «Im California, ich rufe Sie von der Botschaft aus an.» Er versteht mich schlecht. «Sie rufen mich aus Kalifornien an!» – «Nein, ich bin in der Botschaft, aber ich wohne im Hotel California.» – «Sie müssen in die Rue Vaneau kommen, hier können wir besser miteinander sprechen als am Telephon.» – «Ja, ich verabscheue das Telephon immer noch.» – «Sie haben sich nicht verändert, ach, ihre Stimme hat sich nicht verändert ...» Ich wage nicht zu sagen, daß auch seine gleich geblieben ist, daß es unmöglich ist, diese Art und Weise zu erfinden, mit der er die Wörter abwiegt, als wolle er sie dem Verstand desjenigen, der ihm zuhört, greifbar machen. «Übrigens», sagt er schließlich, nachdem er sich geräuspert hat, «ich habe Sie im amerikanischen Radio gehört ... Wir haben viel Zeit nachzuholen ...»

Kaum habe ich mich im Hotel California eingerichtet, tätige ich den zweiten Anruf, der mir nach Gide am Herzen liegt: Gertrude Stein. An diese beiden Menschen habe ich dort drüben im öden Amerika am meisten gedacht, und instinktiv waren sie die ersten, die ich anrief.

Die Stimme Gertrudes, als hätten wir uns am Vortag zuletzt gesehen. «Ach! Green», sagt sie. Hierauf eine Stille, nun also, keine Rührung, wir sind doch unter Männern, oder! Und die Unterhaltung geht weiter wie früher, als hätte nichts sie unterbrochen. Wir waren nie weit voneinander entfernt. Wir werden uns sehen, und zwar schnell. Dann kommen ein paar Ratschläge: «Wenn ich Sie wäre, würde ich keine Fragen stellen.» – «Aber ich bin doch Engländer, Fragen, so etwas kenne ich nicht!» Lautes Lachen am anderen Ende der Leitung, ein Lachen, das mich genausosehr bewegt wie das Schweigen von vorhin. «Es war nicht schön», sagt sie bloß, «und es ist immer noch nicht schön. Die menschliche Natur, *hocky pooh**!» Dann fügt sie, bevor sie sich verabschiedet, noch mit ihrer wohltuenden Stimme hinzu: «Ich bin froh, daß sie wieder hier sind, Green.» Das ist der Händedruck eines älteren Freundes.

So ist in wenigen Augenblicken eine Brücke über all die Monate im Exil geschlagen. Die Vorkriegszeit ist mir zurückgegeben, die Zeit vor der Niederlage, vor der Zerstörung Europas. Gewiß, der Sieg wird immer auf Ruinen errichtet. Unsere Welt ist verwüstet worden, ausgelöscht, verwandelt durch den Magierstreich eines teuflischen Schwarzkünstlers, und der Zauberlehrling konnte letztendlich der Hexereien des Todes nicht Herr werden, niemand kann jedoch den Erinnerungen etwas anhaben, und diese für mich einzigartigen Menschen, wie Gide und Gertrude Stein, die mir vor Lichtjahren, wie mir nun scheinen will, ihre Freundschaft geschenkt haben, finde ich voller Zärtlichkeit wieder.

Im Hotel California, wo nur amerikanische Offiziere untergebracht sind, habe ich ein großes Zimmer, in dem so gut geheizt ist, daß ich sofort alle Fenster auf die Rue de Berri öffne, dann stürze ich mich in ein heißes Bad, denn in meinem Inneren friere ich, Paris läßt mich vor Kälte zittern, Paris ist immer noch ein schwarzes Paris. Ich bin für einen Monat hier, solange ich auf die Wohnung warten muß, von der es heißt, sie sei nicht aufzutreiben. Ich bin glücklich, meine zwei Welten gewissermaßen in unmittelbarer Nähe zu haben, so wird die Umstellung leichter sein, denn wenn die Kameradschaft

* In etwa: «Pfui Deibel!» (A. d. Ü.).

auch Teil meines amerikanischen *Ich* ist, so muß ich doch die Intelligenz von Paris einatmen können.

In den folgenden Wochen erhielt ich reichlich Besuch... Man legt Wert darauf, mich zu sehen, manch einer kommt, wie ich schnell begreife, um sich weißzuwaschen, manch anderer, weil ich als Amerikaner eben irgendwie eher den Sieger darstelle als er selbst. Alle meine Einladungen zum Mittag- oder Abendessen werden mit eifriger Begeisterung angenommen – bei den Amerikanern geschieht das auf ganz wunderbare Art und ohne Hintergedanken –, und mit derselben eifrigen Begeisterung wird mir das schwärzeste Bild von diesem und jenem gemalt. Ich hörte Verfluchungen, ich sah den unverhüllten Haß, und unter all diesen Besuchern der verschiedensten Weltanschauungen zeigten sich nur zwei (Gertrude hatte recht behalten) so, wie ich die Franzosen liebte, mit dem notwendigen Abstand und dem Sinn für wahre Größe, über dem Getümmel stehend: Gide und Camus. Zwei Protestanten. Für den ersten empfand ich nur um so mehr Zuneigung, und für Camus entstand an jenem Tag eine tiefe Achtung. Den Rest, das heißt die anderen, habe ich vergessen.

Vor sechs Jahren, beinahe auf den Tag genau, im Juni 1940, schrieb ich in dieses Heft aus schwarzem Moleskin den Bericht über meine Reise nach Amerika und in die Freiheit – ich glaubte, alles verloren zu haben, und fühlte mich leichter, doch in Wirklichkeit hatten wir vielmehr eine Art zu sein, zu sehen, zu leben verloren, unser Atlantis war untergegangen. Wozu klagen! Unsere Zivilisationen bestehen aus nichts anderem als geologischen Schichten versunkener Welten, und jede für sich ist der Nährboden der Zukunft...

Juni 1946

Julien Green

Tagebücher in fünf Bänden

Band I: 1926–1942 (878 Seiten); Band II: 1943–1954 (871 Seiten); Band III: 1955–1972 (986 Seiten); Band IV: 1972–1981 (1016 Seiten); Band V: 1981–1990 (ca. 980 Seiten). Alle Bände in Leinen, mit Schutzumschlag und Grauschuber

Die Vorworte zu den einzelnen Bänden stammen von Albert Gier, Wolfgang Matz, Werner Ross, Ute Stempel und Alain-Claude Sulzer. Jeder Band enthält Zeittafel und Register.

»Diese Tagebücher mit ihrer unbändigen Fülle von Momentaufnahmen eines vergangenen Lebens könnte man mit einem kostbaren Album vergleichen, dem Album einer versunkenen Welt des Geistes, aufgezeichnet von einem der letzten Großmeister des Geistes.«

Der Standard

»In ihnen präsentiert sich das Leben des Jahrhundertromanciers als offenes Buch mit sieben Siegeln.«

Ulrich Weinzierl in der Frankfurter Allgemeinen Zeitung

»Obwohl eine innere Geschichte erzählt wird, dringt Welt in reicher Fülle herein … Unzählige Figuren treten auf, allen voran ein in seinen Schwächen höchst einprägsam gezeichneter André Gide.«

Albert von Schirnding in der Süddeutschen Zeitung

Knut Hamsun
Mysterien

Roman, 360 Seiten, gebunden

»... Eine von Siegfried Weibel vorzüglich neu übersetzte und angenehm ausgestattete Werkausgabe in Einzelbänden ist geplant, der erste Band liegt nun vor: der Roman *Mysterien*, ein frühes Hauptwerk aus dem Jahre 1892 ...«
Frankfurter Allgemeine Zeitung

»... Hermann Hesse, Thomas Mann, Rilke, Kafka, alle müssen sie dieses verrückte und verrückt kalkulierte Buch eingesogen haben. Diese Gleichzeitigkeit von erlebtem und dargestelltem Wahn dürfte in der Literatur ziemlich einmalig sein. Ein Glück also, daß der List-Verlag, ziemlich genau hundert Jahre nach dem ersten Erscheinen in Norwegen und Deutschland, mit einer Neuübersetzung der *Mysterien* an den höchst modernen Schriftsteller Knut Hamsun erinnert ...«
Willi Winkler im *Südwestfunk*

Victoria
Eine Liebesgeschichte

128 Seiten, gebunden

Dieser kurze Roman über eine zum Scheitern verurteilte Liebe erschien zum erstenmal im Jahre 1898 und wurde zum erfolgreichsten Buch Knut Hamsuns. Durch seinen ungewöhnlichen, märchenhaften Reiz gewann es die Gunst von Millionen Lesern in der ganzen Welt. *Victoria* ist ein weiterer Band in der neu übersetzten Hamsun-Werkausgabe in Einzelbänden.

»Die Psychologen haben den Liebenden noch nie wirklich helfen können. Wer liebt, der lügt und verletzt auch, sich und den anderen. Wer liebt und leidet, dem hilft weder Freud noch Fromm, sondern nur Heine oder Hamsun. *Victoria* zeigt, daß Mißtrauen und Mißverständnisse, Quälerei und Kitsch und andere Scheußlichkeiten zur großen Liebe dazugehören.«
Joseph von Westphalen im Vorwort zu *Victoria*

David Vogel

Das Ende der Tage

Tagebücher und autobiographische Aufzeichnungen 1912–1922 und 1941/42
316 Seiten, gebunden

Zur Hinterlassenschaft David Vogels, die sein Freund Avraham Goldberg nach dem Krieg entdeckte, gehören die vorliegenden Aufzeichnungen, die nicht nur ein erschütterndes Zeitdokument darstellen, sondern Vogel literarisch neben Primo Levi und Elias Canetti stellen.

In seinem frühen Tagebuch berichtet David Vogel vom täglichen Kampf um das finanzielle Überleben, von Hunger und Not der jüdischen Emigranten aus Rußland, die in Wien Fuß zu fassen suchen.

Der autobiographische Text, den David Vogel 1942 verfaßte, ist von höchster poetischer Kraft und Kunstfertigkeit. Er zeichnet Vogels Aufenthalt in französischer Haft nach. Die Komplexität dieses Lebens in der Lagerwelt zeichnet Vogel präzise und zugleich mit geradezu lyrischer Intensität.